A farsa dos milênios

Arturo Gouveia

A FARSA DOS MILÊNIOS

ILUMINURAS

Copyright © 1998:
Arturo Gouveia

Copyright © desta edição:
Editora Iluminuras Ltda.

Capa:
Fê
sobre *As tentações de Santo Antonio*, de Hieronymus Bosch (1450-1516).

Revisão:
Do autor

Composição:
Eduardo Quintanilha Faustino / Iluminuras

ISBN: 85-7321-065-6

1998
EDITORA ILUMINURAS LTDA.
Rua Oscar Freire, 1233
01426-001 - São Paulo - SP
Tel.: (011)3068-9433
Fax: (011)252-5317
e-mail: iluminur@dialdata.com.br

SUMÁRIO

PRÓLOGO 11

PREJUÍZOS 15

O BEM DO MAR 25

A CAMINHO DA GRUTA 51

FICOU PELA GATA BUCHUDA 61

UM TERÇO DE ÓBOLOS 73

MR. METHAL 85

A FARSA DOS MILÊNIOS 103

OS CÃES E OS CAVALOS 113

O MELHOR DOS MUNDOS 121

DIAS CONTADOS 133

KITARO PARA MAGÁ 137

DUAS CARAS 143

O SEXTO TRABALHO 153

APÊNDICE AO APOCALIPSE 159

"Arma e dinheiro mandam no mundo. Como serei exceção? As exceções são perigosas e ferem a moral. Temos que obedecer ao ritmo natural das coisas. E nada mais natural, desde o fim do Éden, que a submissão do mundo a arma e dinheiro. Esta é a sacralidade que restou. Não ousemos blasfemá-la. Só o bem é apócrifo. Arma e dinheiro são invioláveis, nossos últimos santos, que precisam de nossa veneração para não se igualarem aos degenerados. Enquanto confiarmos em princípios, projetos de bem e outros monstros abstratos, estaremos cultivando imagens mortas, escanteando os guardiões da imortalidade. Arma e dinheiro são alfa e ômega, estão em toda a parte, e nossa alma não pode ser exceção. Já disse que as exceções são abomináveis, por querer romper pactos trilenares. Arma e dinheiro, se fossem invenções dos homens, há muito teriam perdido sua aura intangível. Podem ser até criações humanas, mas por um plágio do desconhecido. Há algo de inefável neles, de etéreo, de supra-sensível, que tem resistido a todos os males."

Deus

PRÓLOGO
(a vida como ela desé)

    Mais difícil do que escrever uma obra inteira é o desafio do prólogo, essa insignificância que de alguma forma sintetiza os conteúdos, procedimentos e objetivos do autor. Mas não sou eu o autor dos contos que seguem, apenas o organizador. Estranhos manuscritos foram deixados em minha casa, na caixa dos correios, talvez destinados à de lixo. A princípio subestimei os textos; depois fui lê-los com mais calma e eles pioraram. Após passá-los para o disquete, entreguei os originais à polícia, que não conferiu a existência do autor. Na medida em que vou relendo os contos, vou encontrando alguma conexão entre eles, o que, literariamente, não significa nada. Mas o *autor* demonstra consciência de sua precariedade, suas contradições e dúvidas sobre as próprias falhas, tendo o leitor pouca chance de colocá-lo no paredon. É o que ele confessa no *Prólogo*:

> *Hobsbawm acredita que o século vinte foi a era dos extremos. E que estamos entrando em nova era, sem conexão orgânica com o passado e sem perspectiva de futuro, como se fôssemos viver um eterno presente. A falta de memória histórica seria um dos maiores desastres de nossa época, tão cheia de telecomunicações e informação em geral.*
>
>   *Não compactuo com o desespero de Hobsbawm. Seguem-se quatorze contos para provar que as esperanças e as possibilidades para o homem são infinitas. Não são contos-tese, mas cheios de otimismo e crença na reconstrução do homem. No início pensei em escrever historinhas infantis, ou quadrinhos, ou lições de perseverança. Mas acabei compondo uns contos doces e dóceis, para puro deleite e consolo, para ler em horas vagas e afastar, com encantamento, o espectro do negativismo. Não são textos de ficção, e sim depoimentos sobre o que vi e vivi na íntegra. Por isso não há como fugir: todos os meus parágrafos são encontros com a fraternidade.*
>
>   *Vão me criticar pela falta de realismo e de atualidade. Mas nada*

mais atual no homem que sua pré-história, da qual não se desvinculou ainda. Nesse aspecto, concordo com Hobsbawm: *estamos indo ao reencontro da pré-história, com robôs, microeletrônica, microcirurgias, computadores, fractais, clones, contatos interplanetários, transplantes de cérebro e desemprego estrutural.*
Mas... terá dito Hobsbawm que estamos a caminho da pré-história? Ou eu me apropriei de um nome famoso para atribuir-lhe idéia minha, sem consistência, só para ludibriar meus leitores?
Isso prova que o leitor é manipulável, pois Hobsbawm pode ter dito isso mesmo. E ter até se apropriado de meus contos. Como tudo que escrevo colhi nas ruas, não há incoerências nem divisões entre mim e o historiador. Esse encontro de confusões e diferenças é bárbaro, cavernoso e canibal, e estimula o instinto de profanação que governa o homem há milênios. Por isso, esses manuscritos são todos sobre a milenaridade das farsas humanas, sempre empenhadas em ocultar o lado animalesco e bruto da espécie, que abrange os dois lados.

O *Prólogo* é mais comprido que os quatorze contos juntos. A justificativa do autor, que nunca descobri quem é ou foi, ou mesmo será, é que a apresentação do seu trabalho é a única coisa que se salva no conjunto. Por causa dessa violenta inversão, onde os contos seriam meros prólogos do corpo da obra, que é o *Prólogo*, ele justifica tudo. Como não há mais parâmetro para nada, ele fica indiferente à seriedade dos conceitos, como o de *unidade*, tão idolatrado pelos sub-ruins:

> *Escritos em intervalos de ociosidade, não consegui entre os contos qualquer unidade. Aliás, a unidade é o maior mito da literatura, cavalgando os milênios como uma farsa alada. Em termos de conto, e de narrativa moderna em geral, a pretensa unidade não se confirma em ninguém. O "efeito único" de Pöe é desrespeitado e extrapolado por ele mesmo. Já o tempo, fundamental para o efeito de unidade, é pluralmente trabalhado pelos inúmeros autores. Há romances com vinte e quatro horas, como* Ulisses *e* Os ratos. *E contos com mais de dez anos, como "A hora e vez de Augusto Matraga". Importantes diferenças para destruir os argumentos fixos, que deveriam, por uma questão de ética, ir para o inferno antes dos meus.*

Enfim, o livro está aí, já pertence ao patrimônio da humanidade, que não acumulou apenas podridões, como pensam os pessimistas, mas também inegáveis putrefações.

Estou brincando... e já interferindo no espírito da obra, o que não é direito meu, pois já interferi à vontade em todos os textos que seguem. Há uns deslocamentos geográficos... há uns desencontros cronológicos... Mas isso é para incentivar a ruindade dos críticos. Da obra inteira, apenas o *Prólogo* não foi mexido, o que o autor agradece.

PREJUÍZOS

1. São Paulo, Barão de Itapetininga. Em frente a uma loja de eletrodomésticos, uma multidão de curiosos. A polícia chegou com a zoada dos carros e suas doces pistolas. Logo após chegaram os bombeiros. Tem alguém tumultuando lá dentro, pensei. Um ladrão, um seqüestrador, um assassino procurado. Ninguém poupava palpites:
— Deve ser um traficante de drogas. Daqueles que oferecem e depois cobram.
— Ou um cheira-cola, um maconheiro.
— Se for o que eu tô pensando, pode botar ele numa plantação de maconha, que não fica um talo.
— Mas pode ser também um padre. Desses pervertidos que engalobam coroinhas.
— Lá perto de casa tem um que todo mundo conhece, mas ninguém denuncia.
— Ou pode ser apenas um estuprador de menores.
— Deus tá me dizendo que é um mendigo com aids. Daqueles que dão o cu de esmola.
— Mas o que tem um mendigo pra apavorar a polícia?
— Ora, não se lembra daqueles do viaduto Santa Ifigênia? Eles tavam picando os outros com agulhas contaminadas.
— É a forma que eles têm de devolver a caridade.
— Mas eu inda acho que é um preso fugido. Carandiru tem rebelião todo dia.
— A polícia entrou pra torar. Só pode ser um marginal de alta periculosidade.
— Será aquele de Itaquera, que tava executando velhinhas?
— Se for, eu mesmo me encarrego de botar uma pá nele. Ele entronchou minha mãe.
— Se tem bombeiro aí, é porque já tem refém e ameaça de incêndio.

— Se o incêndio se espalhar pela República, Anhangabaú e pegar a Sé, torra a Eletropaulo e adeus centrão.
— Adeus nós tudinho. Esse filho da puta só sai daqui morto.
Intervim:
— Acho que vocês estão fantasiando demais. Vamos ver primeiro se o cara vai sair algemado ou só expulso da loja. Pode ser um pobre diabo que perdeu o juízo.
Ninguém concordou:
— Doido não bate nessas bandas. Por aqui só dá esperto.
Devagarinho, e crescendo, e aumentando, começou um coro popular de apoio à polícia. Era para espancar o cafajeste até espirrar migalhas do cérebro. Deixar as costelas dele como um xadrez de lapadas. Se matou tanta gente assim, só recebendo o fim também. Se inutilizou tantos inocentes, só pagando o mesmo preço. Viva a pena de morte! Quantos pais de família esse viralata não abocanhou? Quantos carros não roubou, além de deixar os donos parafusados de balas? É bem capaz de ser aquele do largo de São Francisco, que só assalta pobres. Ou então aquele tarado de Barra Funda, que só queria conversa com menina de colégio. Esse aí tem que ser esquartejado pela população. Se for o que atacou minha filha fardada, a polícia sou eu.
Intervim de novo:
— Todo réu tem direito a um advogado.
E quase me despedaçam no lugar do bandido:
— O senhor ainda tem coragem de falar em advogado? Advogado é facada.
— Quantos prejuízos esse suíno não trouxe pros outros? O senhor acha que bandido anda distribuindo sopa?
— Advogado... Tem advogado que é mais safado ainda. Tão lembrados daquele que salvou da cadeia um maníaco que só comia mulher casada? É, era lá em Jardim Coimbra. Bonitão, atraía mulher casada, prendia, abria a cabeça dela e comia o cérebro da mulher que nem melancia. Só que torrava antes e botava temperos árabes.
— Maníaco não é pra perdoar de jeito nenhum. Meu irmão até hoje é sem pênis porque um travesti maníaco engalobou ele. O bichinho até hoje chora, pedindo a Deus pra nascer outro.
Apesar da aglomeração em frente à loja, a rua foi cortada pela procissão de Nossa Senhora da Consolação. Uma imagem barroca

magistral, trabalhada em detalhes microscópicos e forrada de pedrinhas coloridas. Nos olhos, duas pedras azuis de fulgor inofuscável, irradiando paixão e perdão, com o exemplo do Filho sacrificado nos braços. Na manjedoura, o jovem Jesus, mesmo recém-nascido, já trazia no rosto o contraste entre a beleza do mundo de criança e as expressões de dor na futura via dos romanos. Suas mãozinhas lindas, lisas, puras, alvinhas, já traziam a marca dos pregos simbolizando a intolerância de Roma e o perdão à própria intolerância de Roma. A salvação deveria incluir o próprio soldado chicoteador, pela sua inconsciência do que faria com o homem dos homens. No rosto da santa, entretanto, uma leve mas ousada interrogação, uma dúvida, uma suspeita da racionalidade de Deus, até que ponto valeria a pena expor o Filho à maldade dos poderosos. Mais que isso, se era de bom senso salvar uma humanidade que em dois mil anos continuaria se exterminando e se exterminando, sem assimilar um único versículo de seus ensinamentos.

Todos abriram alas, respeitando o humilíssimo pedido de perdão, contenção de fúrias, esquecimento de rancores, superação de egoísmo, compreensão, solidariedade. Uma segunda onda abriu-se na rua, em duas partes, como Moisés abrindo ao meio a Barão de Itapetininga. Era a polícia saindo da loja com o marginal morto. A multidão vibrou, gritou vivas e aleluias, lavando a alma e consolando a alma diante do corpo abatido do desgraçado. Ia ser muito melhor para a sociedade dali por diante. Um dos presentes até perguntou quantos tiros o sargento tinha dado na cabeça dele, pois bandido só com banho de miolos. E o sargento respondeu:

— É o gerente da loja. Acabou de morrer de um ataque do coração.

2. João Pessoa, Universidade Federal. A professora veio anunciar o resultado do concurso. Eu havia inscrito um dos meus contos, sempre adolescentes e essencialmente conteudistas. Estava certo que ganharia um dos Neovetustos, que só trabalhavam a metalinguagem. Mas eu tentei, nem que saísse derrotado antes da inscrição. Joana ficou de colocar o texto pelo correio, para ficar mais seguro. Havia marcação contra mim ali em Letras, principalmente da coordenadora do concurso, professora de literatura brasileira das mais renomadas. Foi Joana que me alertou contra ela e até ameaçou acabar o namoro se eu fosse

negligente. Botou na mente que eu era um contista genial e acatei a idéia para manter o vínculo.

Por ser péssima aluna de Letras, Joana achava minhas histórias extraordinárias. Contos elaboradíssimos, homéricos, virgílicos, petrônicos, allighiéricos, cervânticos, cândidos, ilusões perdidas de minha pequena Joaninha. Extraordinariamente otários e simplórios, meus textos tinham valor enciclopédico-bíblico-narcísico, o Mein Kampf da ditadura de suas definições. Ou Joana me amava muito ou não tinha por que — simplesmente não tinha por que — reconhecer a infantilidade graúda de minha pretensa literatura. Ela era mesmo frívola, pois nunca fez um único trabalho para a Universidade. Eu fazia todos e ela me pagava com juros de beijos (já viram como sou brega?).

Voltemos à professora que arrotava arrogância no microfone. O auditório lotado. Os Neovetustos sempre em alta, pois a história mundial da poética, desde Aristóteles, é antes e depois dEles.

— Por favor, um pouquinho de silêncio. Todos aqui conhecem as regras do concurso. Ficou acertado que elegeríamos o melhor e o pior dos contos. O melhor será lido para servir de exemplo aos feras de Letras, sempre ansiosos por criatividade. O prêmio é uma viagem a Minas Gerais, onde atualmente se realizam as melhores tendências da literatura brasileira. O contista vitorioso está automaticamente inscrito no Concurso Guimarães Rosa, hoje o mais respeitado em termos de América Latina.

Os torcedores dos Neovetustos gritaram e agitaram, inabaláveis, indébeis, imbatíveis, ignóbeis, insolúveis.

— Silêncio, por favor. O autor do pior conto, conforme o regulamento, também terá o seu texto lido em público. Os jovens que estão chegando também precisam de exemplos negativos. Todos sabem que não há qualquer critério moral nessa escolha. É uma questão puramente estética. Além disso, por motivos éticos, os componentes da banca não são revelados. Informamos apenas que um é mineiro, de Cordisburgo, e dois são daqui. São professores ultracapacitados, com pós-doutorado no Exterior e Livre Docência em João Pessoa. Mas vamos ao que interessa.

No clímax das esperas, comecei a suar. Joaninha pediu calma, pois estava seguríssima de que, apesar da qualidade dos concorrentes, meu conto seria o pior mesmo. E eu estava muito mais seguro do que ela: o suor era pelo calor da sala, sem ventilador ou ar condicionado.

— O primeiro lugar...
O silêncio reinou sobre o cadáver de todos os súditos. E a professora, afastando com os dedos guindastes o colar de ouro, revelou o nome do novo gênio da província:
— ... foi o conto "A menina do cipa de angu", de Marília de Dirceu, pseudônimo de Cláudio Manuel da Frente.
Era o candidato dos Neovetustos.
— A banca não teve dúvidas. Reconheceu no conto o mérito de combinar regionalismo e universalismo.
Joaninha começou a chorar ao meu lado, como se só me restasse perder. Ora, eu não era obrigado a ser o pior dos piores, mas, digamos, o vice-lanterna. Contudo, podem gravar o que eu estou dizendo: intuição de mulher é precisa, embora não seja preciso. Quando acabaram de ler, entre festejos, o célebre conto de Cláudio (aquela cena do cachorro que come angu pelo cipa é um espetáculo!), começaram a ler o meu:

> *"Sempre sei, realmente. Só o que eu quis, todo o tempo, o que eu pelejei para achar, era uma só coisa — a inteira — cujo significado e vislumbrado dela eu vejo que sempre tive. A que era: que existe uma receita, a norma dum caminho certo, estreito, de cada uma pessoa viver — e essa pauta cada um tem — mas a gente mesmo, no comum, não sabe encontrar; como é que, sozinho, por si, alguém ia poder encontrar e saber? Mas, esse norteado, tem. Tem que ter. Se não, a vida de todos ficava sendo sempre o confuso dessa doideira que é. É que: para cada dia, e cada hora, só uma ação possível da gente é que consegue ser a certa. Aquilo está no encoberto; mas, fora dessa conseqüência, tudo o que eu fizer, o que o senhor fizer, o que o beltrano fizer, o que todo-o-mundo fizer, ou deixar de fazer, fica sendo falso, e é o errado. Ah, porque aquela outra é a lei, escondida e vivível mas não achável, do verdadeiro viver: que para cada pessoa, sua continuação, já foi projetada, como o que se põe, em teatro, para cada representador — sua parte, que antes já foi inventada, num papel..."*

Foi tanta vaia, que quase não me escutam dizer:
— Que brincadeira é essa?
E Joaninha chorando humilhada e a professora descarregando:
— Eu sou pesquisadora dos arquivos coloniais do Estado. Este conto, "Teofrásio", de Agá, é um dos textos mais incompetentes que

já apareceram na Paraíba nos últimos quinhentos anos. O título já é ridículo, pois regionalismo não combina com grego. Não tem pé nem cabeça nem justifica internamente a ilogicidade. O tema do fatalismo e da procura já está na mais antiga das literaturas do mundo, dos sumérios aos hebreus, dos gregos a Joyce. Em termos de forma, não tem a mais pálida consistência. Pretende fazer jogo metalingüístico, mas não passa de uma referencialidade usada e abusada há milênios. Os neologismos são previsíveis; portanto, não extrapolam a inteligência do senso comum. Por fim, a comparação com o teatro tem a intenção de intercâmbio semiótico de linguagens, mas entre o salão nobre da intenção e o chiqueiro do gesto reina o trono da incompetência do autor.

Também estava no regulamento que os premiados teriam direito a uma palavra final. Cláudio só fez agradecer com sorrisos, como convém aos clássicos. E eu perguntei:

— Que brincadeira é essa? Joaninha Rosa, minha namorada, está ali chorando.

Um Neovetusto gritou, arrastando outros:
— Não adianta chorar, autorzinho de cordel!
— Incompetente, nocivo à arte local e universal!
— Lítero-estelionatário!
— Sai daí, comunista! Só o capitalismo salva.

Fui breve:

— Essa brincadeira começou com Joaninha. Ela fez de propósito. Esse texto nunca foi meu e ela me traiu. O namoro está acabado. Mas vejam só: os críticos ligados à psicanálise vão dizer que eu estou transferindo minhas frustrações literárias para a violência contra a namorada. Meu mundo simbólico está em recalque e eu quero me compensar às custas da eliminação do outro, que no meu inconsciente é o mais próximo e mais frágil, portanto, o mais dominável. Mas Joaninha provocou. Ela estava com dificuldades de selecionar um texto mais reflexivo que narrativo para fazer um trabalho para a Universidade. Eu selecionei o texto. E com tanto carinho, Joaninha, por que você fez isso? Ela ficou de me inscrever no concurso, o que a princípio recusei. Onde foi parar o meu conto, Joaninha, que você botou no envelope? Você trocou os papéis por amor ou por má-fé? Esse texto que a professora leu é um parágrafo — apenas um parágrafo — de *Grande sertão: veredas*.

3. Magali percebeu que não tive bom desempenho. Estava exausto, mortalmente exausto naquele domingo. Com uma longa agonia, como aquele soldado de Allan Pöe torturado em Toledo pela Santa Inquisição. Me cobri com lençóis de vergonha e esperei a reação dela. Ficou calada. Permaneceu calada, me observando com pupilas de víbora prestes a uma vingança silenciosa. Mas o pior viria depois. Ela saiu sozinha do motel e ia espalhar pelo mundo a notícia de minha impotência. Por bela que fosse, eu já tinha ouvido falar dos horrores de Magali. Ela denunciava, na íntegra, todos os namorados ou amantes ou companheiros ou quem quer que não a fizesse chegar ao mais sublime do gênero humano. Chegava, pela humilhação, à degeneração da espécie; e justificava, assim, em plena consciência, suas denúncias. Quando ela bateu a porta do quarto, só me lembrei de Augusto e Haroldo, seus últimos exs, que ela descrevia biblicamente como pausocos-e-moles. Nada haviam conseguido acrescentar às suas ambições. Um único tremor, uma vibração mínima, um êxtase orgástico milimétrico. E quantas chances ela havia dado aos dois poetas, quantas chances. Podia ser tudo retórica verbo-vaginal de Magali, para convencer-me à ereção absoluta e converter-me ao paraíso, do alfa ao ômega do prazer humano. Gabava-se de orgasmos múltiplos atômicos, que só Salvador Dalí e Gala haviam conseguido em todo o século. Masturbava-se com o bigode do pintor, com os dedos de Gala, o bico de Zeus, em forma de cisne, seduzindo Leda. Tinha um acervo extraordinário de leituras, um espetáculo de espectros musicais, das mais lindas estilizações pré-históricas ao rock progressivo-sintético-medieval de Rick Wakeman. Tinha alucinações, em pleno gozo, nas cavernas do Rei Arthur, no encontro de Dom Quixote com Amadis de Gaula, e seu maior sonho, a ser concretizado comigo, era uma masturbação completa com Deus, em triângulo amoroso, na mais requintada catedral da Idade Média. Tinha certeza de que os anjos, em legiões demoníacas, trocariam as harpas por seu púbis e disputariam, um a um, seus películos. Magali não tinha a menor vergonha de ser vaidosa, desde que sua vaidade, como tudo na vida, contivesse arte. Desejava então ser a sétima esposa de Henrique VIII, para menstruar no prato de Sua Excelência Horrenda, que arrotava poder e mau hálito; ser a bíblia sexual de Lutero e Gutemberg, os cadernos íntimos de Da Vinci, as peripécias de Ulisses e Stephen

Dedalus, num orgasmo de vinte anos seguidos ou apenas um dia, o que resultava rigorosamente no mesmo fim. A condição mínima era arte. Sem esse mínimo, seus desejos seriam mendigos feridentos, zé-povinho em série, multidões enlatadas... E Magali fazia tudo para não ser zé-povinho... E a gente faz tanto para não ser zé-povinho... Para não se confundir com a massificação da alma, dos subterrâneos do espírito, já inundados pelo lodo do capital. E Magali, sempre gulosa, deglutia estrelas, porções do Universo, migalhas da Atlântida, borboletas de Cuzco, relíquias de reinos encantados que reacendiam seus pirilampos dentro dela. Ao contrário do capital, que quer reencantar o mundo com a mercadoria, Magali era unívoca e intraficável: o reencanto inevitável de quem penetrasse em seu raio de alcance. Alcance tímido, mas irreversível. Quantas vezes não vi Augusto e Haroldo chorando, por não terem contribuído em nada para a poesia. Procuravam traduzir, transcriar, poetizar, mas Magali era muito mais que um manifesto. Não era um plano-piloto que se dirigisse com abstrações. Tinha que ser poesia concreta para cristalizar o sêmen em Magali, enterrar raízes, fundir-se com seu cerne, sem desprezar o invólucro místico. Daí ela não ter meia gota de remorso ao sair falando dos impotentes. Achava-se no direito de alertar as mulheres para a exclusão dos raquíticos, dos medíocres, dos simplórios, dos impúberes, dos rústicos, dos estúpidos e dos patéticos, as sete desmaravilhas do mundo. Em que categoria iria ela me incluir? Simplesmente bateu a porta e sumiu fantasma pelo corredor do motel. Como jamais tive talento de cínico, comecei a chorar, já prevendo as maravilhas que o mundo ia conhecer de mim. O soldado de Pöe é salvo no fim por um general; não me apareceu o mais ridículo soldado para me dar segurança. Peguei o carro, saí do motel lotado de vazio. Ela ia espalhar, como um câncer generalizado, os germes de minha decadência, minha demência, minha impotência, minha insuficiência, minha imprudência, minha negligência, em suma, minha desimportância. Há algumas décadas, já milenares, a mulher deixou de ser receptáculo de Deus. Há alguns dias, já com cara de séculos, que se emancipou, enterrando Penélopes, Saras, Madalenas, Marias, Verônicas, papisas grávidas de Deus e rejeitadas pelos homens, Catarinas de Aragão, Dulcinéias, Iracemas, velhíssimas Amélias que continuavam ressuscitando mesmo após a conquista da Lua. Ora, o homem já arranhou a bunda de Deus, já prometeu conquistar os céus com tecnologia e pecado, e tantas e tantas e tantas tontas que não tentam trepar um teto. Magali era, em excesso, exceção. Cultivava o sexo como única prova concreta de Deus e o orgasmo múltiplo como o único dogma indiscutível, único versículo verídico, única prédica eclesiástica autêntica. Detestava os gregos e os romanos, os cristãos e os bárbaros, os capitalistas e os socialistas, todos senhores de escravos da humanidade. E detestava a humanidade, por não ter seus pulsos nem seus impulsos. Algumas noites, divagando entre suas coxas, sintonizei-me com seu espírito que, sem qualquer alucinógeno, pairava acima da pobreza milenar da espécie humana. Magali acreditava-se exilada por engano na Terra, talvez o único equívoco do Universo. Daí ingerir pílulas de estrelas, microfusões nucleares, esses cuspes de Deus que passam tão despercebidos da gente.

    Cheguei em casa com a cabeça cheia do que ia acontecer nos próximos dias. Magali ia difundir a biografia da incompetência em mim, ressaltando sua beleza e aumentando, por contraste, minhas ruínas. Eu ia ser o triunfo da desmoralização. Mal desci do carro, disse à empregada para só me acordar em caso de urgência. E ela me acordou com uma carta de cobrança de uma dívida pendurada. Como se não bastasse o assalto à minha mente, literalmente em petição de miséria, chegou esta carta para hipotecar meus bolsos:

ASSESSORIA DE COBRANÇAS JURÍDICAS E SERVIÇOS CONTÁBEIS LTDA.

João Pessoa, PB, 24 de janeiro de 1996.
Ilmo(a). Sr(a). La Salle
Prezado(a) Senhor(a)
N/Ref.: 0000/96

De acordo com os registros da Empresa MAURÍCIO DE SOUZA PRODUÇÕES ARTÍSTICAS, encontram-se pendentes de pagamento PRESTAÇÕES DO CONTRATO firmado em 21/01/96 (domingo).

Solicitamos o comparecimento de V. Sa. no endereço de sua preferência, no prazo que desejar, a fim de regularizar a referida pendência.

Outrossim, caso o(s) documento(s) acima citado(s) tenha(m) sido liquidado(s), ao receber esta correspondência, queira por favor desconsiderar a mesma.

Na expectativa do seu comparecimento, subscrevo-me.

Atenciosamente,

Magali

O BEM DO MAR

A Romero Boff

1. O primeiro bem

Marx respondeu à filha dele qual o maior bem do homem: a força, a coragem. Aí ela perguntou qual a pior qualidade do homem. E ele foi categórico: o servilismo. Esses dois bens se sintetizaram em mim, como nunca, no quase assassinato que cometi há vinte anos. Já não tem valor jurídico algum. Resta apenas a memória da crueldade, que convém difundir.

Difundir é da mesma origem de infundir. E infundir é um verbo consagrado ao lado do terror. Mas não sou terrorista nem fui. O que fiz em Jacumã, naquela noite distante, foi uma prova final de mim mesmo. Uma avaliação de meus limites e do protótipo da espécie que subjaz em mim. Foi um ato inequívoco de amor próprio e de lição arreligiosa para os outros. Jamais suspeitaram de mim: seja por meu currículo de babão no colégio, seja pela minha ausência de João Pessoa naquele momento.

Eu era então um professor de história medíocre. Se medíocre era eu ou a história, eis a ambigüidade. Mas naquela noite eu me superei.

Eu era um professor de quinta. Não de quinta série, mas de quinta categoria. Ensinava o segundo grau e minha reputação ia de mal a pior. Falavam de minha didática subdesenvolvida. Terceiro-mundista em essência, incapaz de transformações. Mas minha imbecilidade não justificava o que Iemo fazia durante a aula. Me chamava de Cuzão, pra começar, por minha obesidade incontrolável. Menino rico, alto, louro, temido, olhos azuis, Iemo era de deixar rastejando a língua das meninas. Nada desses dotes me incomodava: sempre me conformei com minha feiúra inata. Minha gordura era obra de Deus e extravagância minha, apesar do péssimo salário. Como podiam me comparar com Iemo? Como podia eu ter raiva dessas fatalidades?

25

Mas humilhar... agredir... Humilhação não é dote. Humilhação não é inerência. Humilhação é deliberação. E Iemo pagou tudo o que fez quando tomei uma deliberação maior e mais drástica.

Me lembro como se tudo estivesse começando. Você já leu a entrevista de brincadeira que o filósofo dá à filha? Eu estava lendo, quando o coordenador me encaminhou à sala do diretor. E quem estava lá dentro era Iemo, dando ordens ao diretor. Mal entrei na sala, o diretor abocanhou:

— Não há nada de pessoal na sua demissão.

— Demissão?

Iemo tomou a palavra:

— Demissão sim. Eu não disse que te demitia, Cuzão?

O diretor tentou hipocritamente acalmar. Mas o jovem milionário continuou:

— Não quero mais esse Cuzão aqui dentro. A aula dele é uma merda. Estou cansado de fazer baderna em classe sem resistência. Ele deixa todo mundo se calar pra continuar a aula. Nem quando eu arranquei o ventilador e joguei nele ele se alterou. E isso me irrita. Botem esse bosta pra fora. Vocês sabem que hoje é um dia muito especial para mim. Meus poderes aumentam hoje, com o meu casamento. Minha família são meus amigos e minha escola também. Não quero esse subalterno — será que ele sabe o que é subalterno? — na minha família.

E saiu da sala, me empurrando e abrindo caminho para conquistar o planeta. O que me enraivou propriamente não foi ele passar pisando no meu pé, o que era de praxe; nem o dedo na cara, tão natural. O que me emputeceu foi o certificado que ele, junto com o diretor, preparou para mim:

> **CERTIFICADO DE QUALIFICAÇÃO**
>
> Certificamos que o professor Cuzão, estatura baixa, aula baixa, profissão baixa, serviu dez anos ao Colégio Vaticano, fazendo carreira de babão. Como já não serve aos superiores, foi demitido pela incompetência de continuar babando. Devido também às oscilações de câmbio e às ofertas do mercado, decidimos demiti-lo por considerá-lo de alto custo para a empresa e por estar ultrapassado em seus mecanismos de delação e subordinação.
>
> Nem por isso, contudo, negamos completamente seus méritos, dignos de serem aproveitados por uma empresa de empreendimentos inferiores e ambições pedagógicas menores que as nossas.
>
> Nesses termos, pedimos sua exclusão do circuito nobre da Capital e o julgamos apto a exercer sua profissão em área periférica, aproveitando, inclusive, como bico, as profissões alternativas dessas áreas.
>
> Iemo - Diretor
>
> João Pessoa, aos vinte e nove de fevereiro de 1996.

E saiu da sala me dando dedo. O diretor, então, livre dele, me mostrou a carta. Era uma coisa assim tão sumária, que nem foi preciso aviso prévio. Juntaram tudo num só documento. A indenização já estava em espécie. Me queriam fora dali imediatamente. Iemo ia se casar naquela noite e estava fazendo uma limpeza na família. O diretor explicou:

— Professor, esqueça que passou por aqui. Hoje vemos que seus dez anos aqui foram um acidente. Iemo pertence à elite. Estudou inglês nos Estados Unidos e no Canadá. O pai dele é o implantador de sistemas de satélites aqui no Nordeste. Conhece aquele prédio luxuoso da Epitácio Pessoa? Ele não precisa nem um grão da gente. Mas o Vaticano precisa dele. Por isso o toleramos. Mesmo depois do que ele fez com a professora Bárbara, aquela história das baratas que tivemos que abafar. Compramos parte da imprensa para não denegrir o colégio. Você não soube lidar com ele. E não é fácil. Ele subjuga quem quer. É inerente à raça. Os bisavôs dele foram poderosos coronéis. Toda a ancestralidade dele é de senhores de escravos. Temos um levantamento completo da genealogia dele. O dever de humilhar pulula no sangue. É uma exigência da alma. Veja que estou sendo honesto com você. E é raro a gente ser honesto aqui dentro, você sabe mais que eu. Iemo já colocou doze professores pra fora. Nem todos eram incompetentes. E hoje são apóstolos do desemprego. Com uma herança maldita: quem é demitido daqui dificilmente arruma emprego em outro colégio. Temos um máfia informática infalível. Se lembra de Dimas? Se lembra de Gestas? Iemo crucificou os dois. Você pensava que estava me servindo quando vigiava os professores. Na verdade, estava servindo a Iemo. O pai dele faz o que ele quiser. Foi criado sem a menor noção de limite. É de família poderosa, os Saveiro, e até os ricos daqui têm medo dele. Já não anda de carro, porque abusou dos mais sofisticados. Helicóptero é a sua nova prova de humildade. O casebre dele, com apenas trinta e três cômodos, tem piscinas de água mineral. Se lembra que levei você lá e não deixaram você tomar banho? Achavam que você tinha contaminação. Sabia que ele vai casar hoje?

    Assinei a carta de demissão e peguei o dinheiro. Não demonstrei a menor ira. Preferi a diplomacia e o humor:

    — Obrigado. Já estava prevendo isso. Quem sou eu para enfrentar a elite? Não guardo mágoa alguma. É direito do colégio escolher seus empregados. Sei que vai ser difícil pra mim. Mas não tenho vergonha de pedir esmola. É até romântico.

    E bati a porta com toda a fineza. Só por dentro bolhas de raiva fervilhando. Obrigado, nada. Já estava prevendo, nada. Não se pode enfrentar a elite, nada. Direito do colégio um caralho cheio de arame farpado. Eu ia pedir esmola literalmente, como realmente pedi por dez anos ali dentro. Literalmente. Mas comecei a sentir que uma certa reação começava a brotar em mim. E nada melhor que um teatrinho para não despertar suspeitas.

Iemo era um rapaz romântico. Seu casamento já vinha sendo badalado há dois meses. Ia ser no dia do ano bissexto, na noite de quarto crescente. Cansou de dizer nos jornais que o quarto crescente simbolizava o crescimento e a prosperidade de sua família. Ia se vestir de marinheiro americano e pegar uma lancha no farol da Ponta dos Seixas. Ia desaguar em Jacumã e encontrar a esposa numa gruta, numa região deserta da praia. E ia sozinho, apesar da insegurança máxima da região. A lua-de-mel seria dentro da gruta, com pequenas marés de champagne, em local esquisitíssimo e sem luz. Há semanas os jornais enfatizavam a primitividade do casamento, o reencontro espontâneo com a natureza. Ia ser o amor mais autêntico já registrado por ali. Poetas escreveram baladas. Músicos compuseram canções muito agradáveis, em estilo suave que encantava outros casais. Programas de televisão mostravam o exemplo de um casamento positivo. Grupos religiosos debatiam sobre a ressurreição do matrimônio. E inúmeros casais, também em fase preparatória, queriam saber quem era esse fenômeno chamado Iemo. Não vou dizer que todos eram comprados pelo pai dele, pois muitos, espontaneamente, eram alugados.

Iemo era romântico. Talvez o último do mundo. Um dia, quando eu era ainda coordenador, tive que abafar o escândalo da gramática. Era o primeiro dia de aula de Bárbara. Tão educada, tão disposta. Iemo quis testá-la já no primeiro dia. Levou para ela um catatau de Celso Cunha e disse que tinha uma dúvida. Quase encostou o livro no rosto da professora e pediu pra ela abrir. Quando ela abriu, com todo carinho, saiu de classe vomitando, chorando e com soluços. Ela desceu a escadaria impulsivamente e quebrou um pé em um dos degraus. Corri para ver o que era e o que era só vocês vendo de perto. Iemo tinha aberto, com gilete, um buraco dentro da gramática. E enchido de baratas vivas, que pularam na cara da professora procurando ar e socorro. Ela não sabia se gritava ou cuspia, até porque os soluços apressados, incontroláveis, não permitiam nada antes de um vômito misturado com asas marrons. E os alunos, lá de cima, conduzidos por Iemo, se deliciavam com a aula de estréia da professora. Iemo chegou a fazer um abaixo-assinado para Bárbara dar a aula da saudade.

Em casa, com a demissão na mão, os tostões de nada no bolso, me isolei no quarto. Laura, minha filha, veio me aperrear com perguntas.

Como minha esposa era mais submissa do que eu, Laura fazia a mediação. Eu estava sem suportar a presença de quem quer que fosse. Tinha que ver o que ia fazer da vida. Que profissão escolher. Alguma profissão alternativa, como sugeria Iemo? Eu sei o que aquele filho da puta queria dizer. E pela primeira vez senti uma reação além dos meus limites. E Laura me aperreando, insistindo, gritando para eu abrir a porta. Como ia ficar agora a prestação da casa? E o colégio da menina?

— Painho, abra a porta. A professora mandou fazer uma entrevista com você.

Abri a porta e gritei na cara dela:

— Vá pra lá! Se dane!

Acostumada com os meus gritos, Laura nem se importou:

— É só uma entrevista de brincadeirinha, painho. A professora Bárbara quer saber...

E se enfincou no meio da porta. Eu empurrei ela pra fechar. E ela, com um chapeuzinho vermelho, cheia de batom, querendo ser gente, voltou e botou o pé no meio. Aí não agüentei a desobediência dela. E dei-lhe uma tapa tão infeliz, que fiz o maior estrago da minha vida. A tapa era destinada ao pescoço. Como ela se abaixou, pegou no olho e vazou. Aí notei mais uma vez que alguma coisa diferente corria em mim. Reagi aos gritos, desesperado, com o líquido do olho dela na palma da mão, a mãe me chamando de monstro, a menina desmaiada, os vizinhos já na calçada. Saí correndo feito um louco, até com medo de linchamento. A população de meu bairro há tempo que vinha fazendo justiça com as próprias mãos. Então disparei, não sei se horrorizado com minha arte ou com medo de terminar de virar carniça.

Me escondi a umas três esquinas quando a ambulância chegou e levou a menina. E a mulher, atrás, tremendo, acudida pelos vizinhos. A ambulância correu a mil, era sinal de desgraça. Além de perder a vaga no Vaticano, que o diretor me dava em troca de favores especiais, minha filha podia perder o olho.

Aí me pus a andar, sem rumo, sabendo só que podia ser caçado pela polícia. E com os dentes apertados de revolta.

E o fluxo da consciência me arrasando eu sou um assassino logo eu? e com a filha que eu estava preparando para o futuro? e cruzando ruas como um ser estranho um elemento jogado sem ver nada prestes a ser dizimado no trânsito e vazado completamente agora já não fazia diferença e os miolos caóticos borbulhando reflexões termos desconexos orações estraçalhadas por outras atravessadas de juízos simultâneos e o chiqueiro de aulas lá em sua soberba aprisionando as opções dele e o homem um ser condenado à liberdade estava era nos suplícios nos subúrbios nas esquinas dos lupanares e a filha ah não adianta divagar que a gente sempre volta para o mesmo ponto o assassino retorna ao lugar do crime ora não retorna e divagar não adianta o olho está rompido torou o nervo ótico esfacelou a córnea e a agüinha milagrosa benta sagrada gotejou e ele subvendendo até o olho do cu por centavos desprezíveis se fosse ao menos uma quantia razoável mas óbolos? níqueis insignificantes? e taí vejam bem que terminei na lixeira das escolas vomitado por todas não ia mais ser aceito teria que me exilar da cidade das acácias e pra onde eu fosse não ia arrancar o selo do inferno carimbado no rostinho da filha

E Iemo, como toda a estirpe, tinha um prazer compulsivo de derrotar os outros.

Derrotar, derrotar, derrotar.

Derrotar Bárbara, a professora ingênua, em seu primeiro dia de trabalho. O trabalho enobrece o homem e barateia os custos da existência. Derrotar qualquer um, prejulgado inferior pela sua mania irreprimível de subestimar. Meu Deus, mas isso até quando? E a história não se repete e se repete, não se acumula e se acumula, sem que um único miserável faça o que preste. Não há decisão, não há ação. E a consciência cobrando, estarrecida, alguma resposta. Então um fluxo de pensamentos começou a se expelir de mim. Falta algo: as ruínas circulares de Borges o encadeamento de Papillon os súditos dos súditos dos súditos a decapitação dos mandões a desigualdade que se espera extinguir sem que um dedo mindinho seja articulado mas onde residia a força a coragem onde? e as ruínas se apressavam em escaveirar os dias em transição e tudo tão transitório e tão permanente e tão sólido e tão fugaz tudo tão fixado no nosso entendimento nos nossos olhos que a imaginação já não funciona e o espírito enferrujado só é inoxidável para mover uma mão grosseira que se enterra no olho da filha ah a filha aquela que só vinha fazer uma entrevista de brincadeirinha apenas duas perguntas painho só isso e a resposta foi aquela mãozada no olho provocando derrame já pensou o que é provocar derrame na filha de cinco anos e como ela ia perceber o mundo a partir de agora? só sendo mesmo um monstro servil um monstro adestrado um monstro domesticado pelos patrões um monstro ignóbil patético na profissão e na postura de professor de história de derrotas causador também de derrotas miúdas um monstro só ativo em casa menor espaço menor problema e a covardia florescia e a monstruosidade demonstrava de vez o que é ser forte e corajoso diante de uma inofensiva ainda mais menina cinco aninhos o retrato da fragilidade uma bonequinha que qualquer um pode esquartejar ao bel-prazer e logo no olho um dos centros mais sensíveis o olho o corredor de dentro da alma para o mundo e quando a alma dela ainda incompleta quis correr para o mundo fantasiar só um pouquinho no bosque da entrevista mandada por Bárbara olhe que perversão racional e dirigida o lobo mau que só era feroz em casa descontou na pequena Chapeuzinho Vermelho despejou nela o lixo que tinha acumulado esses anos todos nas escolas sob as humilhações sob a égide do servilismo sob os sapatos engraxados com graxa importada da classe dominante e João Pessoa com suas palmeiras imperiais a beleza tradicional da Lagoa a erudição estética de Tambaú ah o ponto de encontro das gaivotas aquelas que nem existem mais nos cartões-postais e o cartão-postal da cidade era a hipocrisia absoluta a exploração destruidora transfigurada em colégios de nobres construções clássicas arquitetura gótica e colonial que de colonial só tinha mesmo era o velho instinto de escravizar de submeter os outros de fazer das coleções baratas de mão de obra um grande navio negreiro se lembram do navio da Igreja chamado Jesus? e Jesus todo dia nos coros das missas nos corações dos fiéis nos atos das velhinhas e dos padres dos irmãos dos diretores que cheiram o cu recheado de talco importado das elites até no cu eles são diferentes essas elites lavam a buceta em piscinas de água mineral lavam os tabacos lacrados arrombados tanto faz é tudo cofre é tudo armazém de capital e Papillon enfiando dinheiro no rabo para sobreviver para subornar os guardas e contrabandear uma banda de coco para sua cela meu Deus como a perspectiva de alguém se reduz a uma banda de coco? e coco daquela cozinha cercada de baratas conquistadoras expansivas nas Grandes Navegações vieram aos montes para abocanhar os índios para engravidar as índias com suas coxas raspadinhas de flocos de sífilis flocos também é um sorvete com pontinhas de chocolate grafites de chocolate e a filhinha adora essas bolas de flocos lambe elas na rua no colégio com toda sua hegemonia de criança com todo o orgulho de criança criativa e diferente com toda a tirania da inocência! aí vem o pai e lhe dá entrevista com a mãozada no olho e o derrame e aquele fluxo de líquidos insubstituíveis e o choro da menina menos pela dor menos pelo choque de seu rosto com a mão do pai menos pelo impacto físico e mais pelo estarrecimento pela descoberta súbita e monstruosa de um monstro guardado na gavetinha do quarto no coraçãozinho dela que tinha a sete chaves o retrato sagrado do pai a alcunha do pai nas moedas do amor agora a alcunha de um monstro tão próximo e não um monstro qualquer um Bicho Papão que tá lá no quintal e nunca me pegou só me assustou de longe não um Papafigo não um Mustafá que balança os galhos da goiabeira e provoca as brigas dos gatos no telhado não nada disso um monstro concreto de carne e osso e dormiu juntinho de mim com mãinha e mãinha também escandalizada com a mão do monstro os braços do monstro de cujo aconchego nasceu o amor e as carícias e os abraços e a gestação e os alisados o feto já sendo preparado para perder um olho a mãozada a mesma mãozada que nunca deu nos diretores e nos alunos então nem pensar esse cara tem ou não tem que morrer? se minha filha não recuperar o olho o ex-olho o olho agora furado monstruoso ia ser vítima nos colégios ia ser discriminada esse cara tem que receber uma senha para o inferno mas quando? está no auge vai casar vai alisar o bucho grande da esposa fazer exames dela cuidadosos nos Estados Unidos e no Canadá como a Europa se arruinou com as guerras mundiais! e vai ora se não vai adorar a filhinha se encantar com sua beleza bárbara como doem as coincidências trágicas! e jamais bater nela Iemo sim era capaz disso ele ia fazer carinho nos olhos azuis da filhinha que já ia ser gestada naquela noite primitiva em Jacumã e os dois fodendo numa boa em harmonia edênica com os bens da natureza em relação intemporal em regressão anterior aos costumes às convenções no mais primevo enlace e a filhinha dele já no ventre da esposa comida ali em Jacumã numa gruta numa caverna só visitada até hoje pelas águas pelos siris já vi um siri cavando a terra tem dois olhos perfeitos as pontas azuis e me lembro que na infância foi mesmo em 72 morri de chorar porque meu irmão matou um siri em Tambaú não matou só por matar mas pelo prazer esportivo de torturar arrancou um dos olhos do siri e aí o veterinário disse que deu derrame veterinário? claro veterinário ela não é filha do senhor que é um monstro? pois eu sou veterinário e o senhor é um animal do mais requintado quilate já houve um caso em que a menina não cegou apenas mas também enlouqueceu e a infância dela a porta de entrada no mundo foi a porta aquela porta de sucupira e ferrolhos enferrujados da Juliano Moreira e o pai nem ligou um bêbado nojento desapareceu deve ter se julgado e posto fim à vida um ignorante de beira de estrada um pedreiro que só acumulou migalhas de pedras nos pulmões e na inteligência mas o senhor? um homem esclarecido? um professor de história? veja bem o que o senhor está acrescentando à humanidade! mais uma tragédia mais um surto de ignorância que vai afetar sua filha com aquele rostinho tão suave vai afetar sua mulher que me parece tão meiga e se o olho dela sobreviver vai ficar pendurado meio despencando de um rostinho tão nobre meio grotesco e meio sublime aliás todo sublime com um ponto grotesco que leva ao ridículo a sublimeza e desmorona a beleza e desconstrói aquele edifício de carinho que é sua filha que só vai alimentar complexos o edifício da rua ali na Epitácio Pessoa também teve uma tragédia o pedreiro se jogou em cima dum carro dum caminhão cheio de rodilhas de arame farpado terá sido o mesmo pedreiro? olhe meu caro monstro a ética da medicina não permite pitacos não permite julgamentos o médico é para diagnosticar e curar apenas isso o médico é um técnico um homem frio mas isso não é bem assim eu não ia me conformar sendo apenas um técnico de sua filha ela não é máquina que emperra e a gente dá mãozadas pra ela trabalhar o senhor pode até me denunciar no Conselho de Medicina mas eu vou dar minha opinião quer ouvir? se não quer ouça assim mesmo o senhor deve se jogar também do prédio mais alto da cidade e não em suicídio de vez um bolo só que também é covardia é muito fácil aquele monte cair no chão numa calçada numa quina e virar sopa da Limpeza Urbana em segundos é muito fácil não há mérito nem justiça nisso eu quero ver é o senhor se jogar aos pouquinhos subir na testa do prédio e ir arrancando seus órgãos um por um a canivete primeiro a língua para não gritar depois o olho o mesmo da filha deixe o outro para acertar os outros cortes depois um braço e ir jogando no chão com a rua isolada e o povo olhando e ninguém embaixo para se machucar está ouvindo? agora esse negócio de se jogar de uma vez? ah faça uma homenagem à sua filha está ouvindo? crie coragem capataz da educação pistoleiro da pedagogia a mais ordinária das gentes e sua função era hostilizar e retalhar o sono dos outros e parir dedurações da mente vendida comprada a preço de banana podre e de pobre em feira de periferia e sobreviver de ações

subumanas e sabotar qualquer gesto de solidariedade mas olhe solidariedade! que monstro estranho! e no entanto imprimiu o selo da barbaridade no olho da filha agora desolho só um buraco
  Caí num buraco no meio de uma rua em obras e fui acudido por um pedreiro. Despertei por uns segundos. Mas logo pingou a goteira de baratas sobre os meus neurônios. E Iemo, na gruta, com estalactites de champagne. E eu com a alma fedendo a consciência putrefata o afeto decomposto a ética servil e serviu e serviu aos poderosos de colégio e nunca ergueu um dedo sempre engoliu tudo como pílulas de humilhação ingeridas por dia eram colheradas pazadas de estrumo dos lá de cima da cúpula da cidade os toletes dos grandes disputados dedo a dedo pelos eunucos da dignidade aleijados desparafusados faltava algo neles uma palavrinha tão simples honra dignidade só eram dignos de pazadas e pezadas e pisadas e pauladas polidas ora polidas! na frente de todo mundo nas reuniões pedagógicas nos contracheques de fazer vergonha aos antigos escravos mas se fosse salário? era a venda do espírito por rendimentos baixíssimos e relações baixíssimas e depreciações e degenerações e tráfico da dignidade por tão pouco e aí tinham que fazer bicos entre eles o pai da menina que aliás tinha medo de trabalhar fora quem ensina no Vaticano só ensina no Vaticano nada de dividir a inteligência com outros centros de prostituição nada de alugar suas energias para outros antros pedagógicos lupanares das cartilhas das cadernetas das provas vendidas aos ricos do tráfico de notas do tráfico e do tráfego de influência dos piores males aos piores subornos e está aí a engorda das poupanças das escolas e eles só crescendo em disparo e todo mundo sabia e ninguém sabia ora se ninguém sabia! medo medo medo tumular medo sarcófagos de medo e desde quando os professores foram gente? e ele era o mais subgente o mais nefasto e infesto o mais infectado pela carniça da subalternidade no entanto mas olhem que ironia perversa no entanto estourou o olho da filha! pra isso tem reservas de forças exércitos de reservas os de cima exploram o medo do desemprego e aprofundam o medo pela coerção pelas ameaças pela algemação do pensamento pelo esmagamento dos menores atos e não agir não pensar ora não pensar nem sonhar que é involuntário não podia fazer parte de seu inconsciente e o mais inacessível olhem bem aonde chegamos o mais inacessível também cercado de senzalas mas havia aquelas que faziam rebeliões que estouravam correntes e fugiam e ele estourou foi o olho da filha e

uma corrente amarela meio esbranqueada escapuliu de dentro e a pupila de Nossa Senhora tão linda meu Deus tão azulzinha esmagada por uma perversão tipicamente romana mas a Nossa Senhora do colégio aquela estátua imbecil que na verdade era uma guarita um ponto de espionagem em cada classe aquilo ele nunca ousou tocar tinha até medo de olhar para não ser vigiado e era vigiado de todo jeito em todos os recantos do corpo e do espírito do subconsciente da vontade e do instinto dos atos e dos sonhos e nada extrapolava os muros do colégio e ele mesmo era um babão conhecido um entregador um delator serviu à classe senhorial por moedas encontradas no lixo e ele mesmo era lixo e era moeda de subvalor e a classe senhorial-sacerdotal-patriarcal-patricial-capital não queria mais ele Iemo não queria mais ele mas Iemo demitia e admitia mas não se sabe de uma única agressão dele à namorada ao contrário era aquele amor que virou símbolo de fraternidade na cidade por mais que exagerassem e mentissem mas agredir a namorada? agora noiva hoje à noite esposa desvirginada numa gruta? jamais! a gruta e ele regredindo à pré-história com os grunhidos contra a filha e a mão peluda no olho dela não quero saber de entrevista ah painho só duas perguntas vá pra lá já disse mas foi a professora Bárbara que mandou vá pra lá ora porra e a bichinha tão compreensiva nem ligou para o nome feio se aproximou dele tentou mais uma vez oh meu Deus era aí que eu devia ter parado podia ter escutado a bichinha quem sabe se não ia amenizar mesmo provisoriamente meus males? mas eu sou um anti-Prometeu um anti-Spártaco um anti-Zumbi e a bichinha insistente mais parecia Rosa Luxemburgo em luta perpétua eu podia ter ouvido ter parado um instante um intervalinho de nada em que minha vida não seria de castrado e vontades e desejos e a bichinha só querendo entrevista ainda ouvi a primeira pergunta o maior bem do homem painho e larguei a mãozada naquela teimosa de merda! então quer dizer que o maior bem do homem é uma mãozada e num lugarzinho tão sensível um globo de películas e líquidos fragílimos o corredor que liga o homem aos mistérios do universo e ela agora só com metade do universo a outra parte estourada e podia afetar o ouvido tudo interligado e eu andando pelas ruas quase atropelado atropelando pensamentos alfinetadas da consciência facadas do bom-senso como se qualquer justiça fosse trazer de volta o olho de minha filha e aí os meninos iam mangar dela nos colégios ia crescer sendo estupidizada não ia ser professora nunca esses colégios tão cristãos escolhem o professor a partir do físico mesmo que fosse aceita os alunos iam massacrar em classe não ia poder errar em nada que iam dizer que era o olho que ela só tinha dois olhos o bom e o olho do cu o outro olho o furado era um cu na cara não diziam isso de Camões do Olho de Buceta? um apelido que inventaram de cara para um professor que logo foi demitido e ele estava entregando o professor Camões discutiu em sala com um pretensioso ricaço e ganhou o quê? a carteira desassinada e na reunião ele lá dizendo que professores assim que discutem em classe afetam a imagem do colégio mas vejam que diplomacia! o diretor fez até uma votação a respeito do destino de Camões e era voto secreto podiam dizer sim ou não quanto à permanência dele e foi demitido por unanimidade todos os professores usaram de seu direito de voto secreto sua liberdade seu exercício de cidadania para cumprirem a vontade da direção que dirigia todo mundo e a entrada do colégio era aquele paraíso! você mesmo foi co-responsável pela saída de Camões pela expulsão do professor que reagiu e não se rendeu ao mauricinho e Camões do Olho de Buceta olhem só que nome épico! que nome lusitano nobre e clássico! e agora estava ali na rua também ia ficar marginalizado até no inferno e o olho da filha no bojo dos hospitais ia se misturar com pedaços de cancerosas com escorrimentos infectados de mulheres venéreas com ruínas de aidéticos foi para isso que lutou tanto tempo pra ser babão? um militante da subserviência? do delato das entregas em hora certa? e a cada demissão do gênero dava até opiniões em reuniões pedagógicas aquelas reuniões nojentas ultramentirosas uma verdadeira farsa e que era a verdade íntima dos colégios a única aliás e o diretor adorava ele era a menina dos olhos do diretor tanto é que foi demitido às pressas por ordem de Iemo e a menina dos olhos dele a filha demitida de ver o mundo em sua completude e ele ali no olho da rua procurando sem conexão de pensamentos sem coerência sem lógica o olho da filha que estava perdido tinha era entrado com a mãozada e saído líquido como essência de baratas eis que atravessou a rua sem rumo os carros apitando e foi dominado arrebatado pela visão de um enorme prédio simplesmente o mais luxuoso de João Pessoa todo de vidro e metal o prédio da empresa de satélites do pai de Iemo todo de vidro ele olhou todas as janelas e as janelas se abriram gargalharam dele e depois se fecharam de longe mais pareciam olhos de vidro olhos firmes que só mísseis estouravam e então sem coragem ele arrancou para outra banda da cidade e os mendigos mais pareciam os professores delatados esperando por ele por aquele assassino de crianças aquele Herodes demitido destronado e os desempregados por ele uma coalizão de bueiros tão destroçados quanto esquineiros pedintes quanto soberbos ladrões de miudezas ratos que marcham e murcham na primazia dos porões dos recantos das exclusões na sarjeta do sistema da ordem mundial a nova ordem de pelo menos quinhentos anos sob o nojo dos lá de cima e babando os lá de cima sob a repugnância sob o chicote sob o sol de pelourinhos invisíveis e tão visíveis no cotidiano sob as varas de estrebarias as paredes de pocilgas palácios fedorentos a mesma roupa até roubar outra e a filhinha nunca sentiu nunca pressentiu imaginou a covardia infame do pai aquele que balançou a primeira rede ajudou a trocar as fraldas se é que ajudou mesmo os consolos no berço o primeiro trocar de olhares com ela já piscando pra ele e agora ela de olho esbugalhado exposto ao horrível ao animalesco a resquícios de primata involuído presta atenção filho da puta carro mata e o pensamento transbordando de interferências sentenças descontínuas regressões interrupções mas matar morrer tanto faz como tanto fez pontuação implícita não era aceito mais nem como babão um entregador de calibre um delator de fibra um dedurador de garra um vigilante ignóbil contrabandeando para a direção informações dados precisos e exagerados indicações sobre os outros sobre os mais honestos e sobre os outros de mesma raça todos disputando o cargo de babanice a ferro e fogo a pau tudo a troco de frações parcelas soltadas à força das mãos dos poderosos um terço de óbolos de cédulas míseras e nas ruas os mendigos não batiam ponto eram livres não eram paus-mandados de ninguém não tinham medo de cortes não suportavam gritos não levavam desaforos para as praças não iam dormir retalhados pelas facas da demissão e por dez anos ele se horrorizou com o desemprego e mendigou gratificações tesouros vis auxílios minguados recolhidos em mochilas às custas de vergonhas que nem a caixola de Santo Antônio e abortou a idoneidade engravidando-se de ordens e perdeu a integridade e desintegrou-se até hoje até desintegrar o olho da filha e não deixaram ele tomar banho na piscina ora manchar a água mineral com pés lachados de periferia? quem era doido pra tomar banho depois dele? tinham que secar a piscina e repor a água só filtrando a água mas era melhor filtrar o ambiente era mais preventivo e ele não passou no filtro do ambiente ora a diferença entre nobre e pobre não é só uma letra não é um trocadilho vazio de poetinhas é rachamento radical entre os homens cordões de isolamento muralhas e ele nunca tinha percebido? ou fingia que não? o Muro de Berlim caiu mas muitos muros ficaram tijolos jogados na cara por dez anos recebeu tijoladas a demissão era um louvor em relação a tantas misérias engolidas socadas na garganta na alma no cu e no entanto o murro no ser mais próximo e mais poético saído de suas entranhas das mesmas entranhas em que guardava gritos e mãozadas dos grandes um pelego um baba-ovo um lambe-cu um chupão um xeleta um súdito cego um dicionário do que não presta e descarregou tudo num livro que começava a se abrir um livro encantado de curiosidades e o que fez com a filhinha ser do seu ser uma maldade irrelativizável mas veja o que ganhei inferno em casa um olho a menos na família pau-mandado corruptor corruptível e tudo por irrelevâncias que ele dedilhava debulhava com microscópio no fim dos meses e a filhinha podia ser promovida do hospital para o hospício mas que promoção na era da fibra ótica do vídeo game da informática das mitologias da visão! e ela ia interiorizar para sempre a imagem do pai recusar homens ter medo de fazer perguntas bater as portas para o mundo afundar os alicerces rachar o diálogo ficar incomunicável soterrar a si mesma ficar deplorável perder a feição humana ser apenas um número a mais nos campos de concentração de dementes

2. O segundo bem

    Pela primeira vez criei coragem. Fui à casa de Baltazar para ele ir comigo a Jacumã. Meus cento e oitenta quilos me impediam de fazer tudo sozinho. Eu não ia matar Iemo, mas só dar uma lição. E a família dele tinha raízes e influências por todo canto. Eu sabia de uma rivalidade entre Baltazar e o pai de Iemo. Policial honesto, chegou à guarda do Palácio por talento próprio e dedicação. Dava tudo para ter uma vida correta e dar de melhor aos filhos. Estes chegaram a estudar no Vaticano, com bolsas da Polícia Militar. E o pai de Iemo, o velho dos satélites, fez um movimento para purificar cada vez mais o colégio. Elite era elite. Não podia se misturar com camubembe fardado. Baltazar ainda recorreu à justiça para pedir respeito aos filhos e evitar que o colégio desrespeitasse a Constituição com preconceitos de classe. A decisão do Vaticano então foi estratégica: passou a recusar bolsas.

E juiz nenhum no mundo podia desmerecer o direito do colégio de se autodeterminar. Aí foi que Baltazar sentiu na pele o que era ser pobre, e ser pobre no meio de rico, por mais que guardasse o governador. Por influência direta do velho dos satélites, que dirigia o mundo de casa, foi afastado da guarda do Palácio. E deslocado para uma região perigosíssima, a do Rio dos Macacos, onde até Deus corria risco.

Baltazar me recebeu afetuosamente. Eu era coordenador do colégio na época da expulsão dos meninos dele, que foram para colégios inferiores. Aonde chegavam eram rebaixados pelos amiguinhos, que os julgavam pretensos. Esse velho instinto de pobre contra pobre, Baltazar sentiu e não teve com quem dialogar. O diretor sumiu por uma semana; os professores não ousavam tomar posição; e o coordenador é que resolveu tudo, acalmando os ânimos do sargento. Dei todas as razões a ele, sem que ninguém soubesse. E lhe expliquei que era apenas um empregado.

Com isso, criamos laços fora do colégio. E agora estávamos enlaçados de novo, naquela nobre causa. Para minha felicidade, Baltazar conhecia peça por peça dos seguranças designados para Jacumã. Me mostrou o mapa da mina: a gruta onde ia ficar a noiva, à espera do marinheiro. Como era algo íntimo, os soldados iam apenas fazer uma inspeção superficial, sem se aproximar pelo menos dois quilômetros da gruta. Iemo iria chegar e ficar em pleno conforto, pois ninguém ia encostar no pedaço. É como se aquela parte da praia, ainda inexplorada, selvagem, cercada de matos, estivesse recebendo os primeiros descobridores. Essas informações me aliviaram muito e me estimularam ainda mais. Ainda mais quando Baltazar falou:

— Eu faço questão de ir com você. Esses abusadores têm que receber uma lição.

E fomos ao Rio dos Macacos pegar Melquior, ex-policial, expulso da corporação por ter matado um juiz. De lá pegamos um táxi para o favelão do Cabo Branco, em busca de Gaspar. Eram amigos do peito de Baltazar e faziam tudo o que ele pedisse. Melquior mesmo odiava filhinhos de papai. Matou o juiz por ter absolvido o mauricinho, um tal de Gabriel Surfista, que estuprou a filha mais nova dele. O arcanjo também não ia durar muito. Em breve também cairia do paraíso. Por enquanto Melquior estava quieto, fazendo-se de arrependido.

Vejam como passei em instantes da educação para o crime. Uma

virada diametral em minha existência, que eu sentia que começava a mudar. Nem que aderisse ao banditismo, a que já havia aderido por dez anos no Vaticano. Assim, na minha mente, colégio e cadeia eram a mesma coisa. Ambos adestravam e pioravam.
    Dividi a indenização com eles. Gaspar arrumou um quarto, cujo nome não lembro, para viajar em meu lugar, com meus documentos, para Salvador. Como esses fiscais de ônibus pouco conferem, para todos os efeitos eu estava em Salvador.

Intervalo:
    Agora não me perguntem como chegamos à gruta. Não vou me deter em detalhes vãos. Só queria lembrar a enorme faixa que a Prefeitura tinha estendido perto:

POVO DE JACUMÃ SAÚDA IEMO SAVEIRO E NOIVA
FELICIDADES NO MATRIMÔNIO

    E me arranquei para a gruta, já de noite, com tudo. Os instrumentos, as roupas, as luvas, todo o necessário ao julgamento do milionário, talvez o primeiro no Brasil. Eu fazia questão de ser o pioneiro, o desbravador de um caminho, demolidor de muralhas coloniais. Deus me livrasse de matá-lo, pois não me cabia passar o resto da vida como assassino. Era apenas um susto.
    E a lua crescia, cresciam as expectativas, nós quatro já com a noiva desmaiada dentro da gruta. Mal chegamos, não demos tempo de ela respirar. Gaspar deu-lhe uma bofetada por trás e ela caiu, seminua, na areia da caverna. Se se recuperasse, levaria um chute no rosto, até completar o ciclo lunar. Não deveríamos fazer muito mal a ela, pois nada eu tinha contra aquela puta. Mas ela era a cara de muitas patricinhas do Vaticano, muitas freirinhas de araque, arrombadas até o pescoço, e criei repúdio instantâneo por ela. Era a coragem que ia ganhando corpo em mim e se generalizando contra os prepotentes. Se um dia eu fosse descoberto, os três estariam implicados e o trabalho para a ordem seria maior. A multiplicação de pães marginais e desiludidos era agora o meu lema. Não por ideal político, mas por

puro prazer de vingança e ameaça aos berços de ouro. Não havia maldade nisso, havia? É que pela primeira vez eu estava reagindo. O pior, ainda, é que eu não tinha convicção de nada. Vesti-me de juiz para deixar transparecer alguma moral. Elegi meus guarda-costas como defensores da causa pública. Baltazar era o promotor, Melquior e Gaspar dois auxiliares, estagiando no Mal. Eu não tinha condições éticas, pelo meu passado, de ser sequer um advogado de porta de caverna. Quanto mais um doutor em direito, apto a decidir com justiça a vida dos outros. Ocorre que Iemo e seus satélites me forçaram a isso. Abotoei a indumentária clássica, a peruca aristocrática e ergui nas mãos enluvadas a Constituição. Só faltava chegar o réu, que vinha entregar-se à lei espontaneamente. Para provar o seu espírito inocente, vinha de lancha, como se tudo fosse encenação. E vinha do Farol, olhem mesmo, sob uma luz que o guiava. No entanto, vestido de autoridade, travestido de autoritarismo, eu ia mostrar para o marginal de prata o que era uma inversão súbita de poder.

E ele chegou como Eisenhower desembarcando na Normandia. A lancha proeminente, a farda inigualável, as botas brilhantes, a boina charmosa. Os fuzis eram as garrafas de champagne importado. Vinha naquela pompa de militar americano do pós-guerra, balançando as bordas do mundo na pontinha dos dedos. Desceu da lancha, entrou na água, desembocou na areia virgem. Assobiou, não recebeu resposta. Tornou a assobiar, ajoelhando-se nas ondas, na beira da praia, onde despejou, suavemente, as garrafas. Deu alguns passos à frente, não chegou a estranhar. É provável que a timidez e o recolhimento da noiva, no útero da terra, despertassem mais desejos no conquistador. Estava voltando da tomada ocidental de Berlim, tinha eliminado os nazistas e então merecia uma grande recompensa. Tinha-se rebelado contra o acordo com os russos e ia denunciar o vergonhoso pacto americano com a barbárie comunista. Jovem idealista, de aspirações as mais elevadas, as mais civilizatórias, guardava de selvageria apenas a natureza e os toques do amor. O silêncio carvenoso da noiva, então, encorajava ainda mais o jovem libertador. Que forças malignas haviam aprisionado a princesa naquelas lonjuras?

Vamos deixar de imbecilidades? Não sei se Iemo tinha imaginação para tanto. Sei que ele não teve imaginação para desconfiar. Acostumado com infronteiras, que fez? Simplesmente invadiu a gruta e foi agarrado por nós quatro. Melquior colocou no crânio dele um revólver:

— Silêncio, rapaz.
Gaspar o arrastou para o centro, onde estava deitada a noiva. E eu disse:
— Daqui você não sai.
E ele, assombrado:
— Não estou entendendo.
Baltazar:
— Vocês nunca entendem.
Acenderam-se as luzes lá fora, um pouco distante, na festa. Era o sinal da chegada do marinheiro e do início da lua-de-mel. Fui até à entrada da gruta: não havia perigo à vista. Pedi a Gaspar que puxasse as garrafas pra dentro. Algum pescador podia notar e nossa lição falhar.
— Lição? Que lição?
— Fale baixo, rapaz.
— Falar baixo o quê, Cuzão de merda!
Aí a primeira coisa que fiz foi arrancar a língua dele. Montei os cento e oitenta em cima dele, e os outros abriram-lhe a boca à força, na base do alicate. Ele ainda mordeu minha mão, mas não teve coragem de morder a faca. Cortei a língua dele na raiz, que primeiro desceu até a garganta, depois pulou como rabo de lagartixa.

E ele sangrando no chão e eu montado no peito e nos ombros dele. Aí falei:
— Você vai ser submetido a um julgamento. Tudo o que você disser poderá ser usado contra você.

E Iemo não constituiu advogado, porque por ali não tinha. O pai dele tinha comprado toda a festa, a Prefeitura e o povo, mas nós quatro éramos íntegros. Não íamos agir à margem da lei, que aliás era nossa. Era uma lei verdadeiramente igual para todos.

Ele foi se acalmando, embora nos olhos já anunciasse minha morte.
— Fique tranqüilo, rapaz. Não vamos matá-lo.
E mostrei a ele uma passagem da Bíblia em que Deus condena o homicídio:
— "Não sabeis que vós sois templo de Deus e que o espírito de Deus mora em vós? Se alguém destruir o templo de Deus, Deus o destruirá; pois o templo de Deus é santo, templo esse que sois vós".

Assim, eu estava proibido de destruir aquele filho da puta do espírito cheio de merda. Me montei mais perto do rosto dele e o contemplei. Em seguida, arranquei-lhe um olho. Exatamente o olho que eu ia levar, se é que ia, para implantar em Laura. Iemo ficou se debatendo no chão, já algemado, ao lado da noiva, que deveria repugná-lo dali por diante. Então, para ele não grunhir, entupi a boca dele de areia. Soquei o máximo que pude, até ele vomitar a entrada do estômago. E em seguida, com carinho, esmaguei-lhe o nariz. Olfato zero.

— Será que algum satélite está nos registrando? Sua família é poderosa, rapaz, vem atrás de mim. E de você não deve ficar nada que dê um depoimento. Nada que me reconheça. Nada que me incrimine. Não é mesmo?

E arranquei, com canivete, o outro olho azul. Ele já não ia reconhecer fotos nossas. Mas tinha os ouvidos para ouvir perguntas e confirmar. E a última coisa que ele ouviu foram as cláusulas do julgamento:

— Você é a síntese da intolerância dos séculos. Lembra-se do que fez com Bárbara? Hem? Balança a cabeça, filho da puta!

E dei-lhe uma mãozada tão infeliz na cabeça, que vazou sangue pelas duas cacimbinhas dos olhos. Para contrariar, ele balançou a cabeça negativamente. Era sinal de que estava ouvindo e entendendo e era isso que eu queria manter nele: a consciência.

Antes de estourar-lhe os tímpanos, enchi a boca dele com um saco de baratas: minha homenagem a Bárbara. Como as baratas são resistentes, logo se adaptaram ao novo meio ecológico, já cheio de areia molhada. Uma areia tão linda, para pessoas tão meigas. Uma areia que Deus só criou para o mar e que não se encontra em lugar algum. E a de Jacumã, então, é famosa pela virgindade.

Não é verdade que todos em Jacumã eram comprados pelo pai de Iemo. Um cantor da Bahia, que tinha passado por João Pessoa, estava homenageando uma comunidade de pescadores. A imprensa não deu muito destaque. Mas minha sensibilidade se refinou ao ouvir, de longe, a canção sobre os dois bens do pescador. Uma das canções mais lindas e sinceras do nosso acervo, sem sofisticação ou artifício. Com umas estrofes coloquiais que arrancam poesia do cotidiano:

O pescador
tem dois amor
um bem na terra
um bem no mar

Infelizmente, dada a urgência, era impossível, ao meu espírito, deter-se em arte. Ondas do mar, jangadas longe, quarto crescente, areia fofa, silêncio mágico, cheiro de brisas, mil maresias, quantos insultos! Tudo invocava, atentamente, para a poesia. E a vida humana, degenerada, podia ser, sem muita bronca, bem mais sublime. E por que não? Por que atritos? E já tão áspera, tão degradada, perdeu o encanto — como perdeu! — primordial. E o pescador, o salvador, o milagroso, o tolerante, não teve eco. Desde o princípio, em nossas terras, do índio ao negro, do pobre ao trapo, restam fiapos, se é que restam, de gente escrava. Zumbi em ossos, podres caciques, vaginas cruas, tudo é comido, não é segredo, pelo dinheiro. E a natureza, com suas grutas, se prostitui, mas que escândalo!, para os de sempre. Os mesmos que, quem nunca soube?, subornam Deus, o domesticam e o embolsam. Mas até quando? Se Deus falhou, nos cabe a nós, com ousadia, recomeçar.

E comecei a quebrar, com martelo, os dentes dele. Poderiam, depois, colocar um lápis entre os dentes para ele escrever o meu nome. Aí cairiam de cheio em mim. E eu já estava de olho nas gengivas. Lá fora, enquanto isso, a doçura do compositor enchia os ares. Com medo de que Iemo desmaiasse, apressei o julgamento:

— O senhor é acusado dos piores crimes da história. Vai ter que sofrer a força da lei.

No chão, ele era uma mistura de americano próspero, do pós-guerra, da era Glenn Miller, com pedacinhos de baratas e bolhas de sangue sobre a farda. Todo inchado, a cara roxa, parecia um monstrinho de duas cabeças ou um Goliasinho anão, apedrejado no poder. Antes que começasse a necrosar, pedi ao promotor Baltazar que lesse as acusações atribuídas a Iemo. Ele podia recorrer e contestar uma a uma. Para isso é que estávamos ali.

Por mais que ele se torcesse e retorcesse de dores traumáticas, o importante era estar lúcido. Nesse ponto não poderíamos falhar. Era o direito constitucional dele.

Então Baltazar tirou do saco — que preparamos com tudo — a lista de crimes do americano. Pedi silêncio ao público e que todos ficassem em pé. O réu mesmo foi colocado em pé, por isso não lhe cortamos os pés logo. E o promotor enumerou:

> A *Promotoria de Justiça Pública* acusa o
> presente réu dos seguintes atos criminais:
>
> 1. Massacrou criancinhas na Judéia
> 2. Trucidou Spártaco
> 3. Crucificou seis mil escravos na Via Ápia
> 4. Martirizou os primeiros cristãos
> 5. Ordenou o apedrejamento de Santo Estevam
> 6. Delatou São Sebastião aos romanos
> 7. Fundou a Santa Inquisição
> 8. Comandou a perseguição às bruxas celtas
> 9. Degolou velhinhas no Leste Europeu
> 10. Abriu as portas de Constantinopla para os turcos
> 11. Fundou o Novo Mundo com Cristo e guerras bacteriológicas
> 12. Provocou a Noite de São Bartolomeu
> 13. Queimou hereges em praças públicas
> 14. Provocou guerras santas entre os árabes
> 15. Invalidou a Bula do Papa Paulo III que reconhecia a existência de alma nos índios
> 16. Transportou cem milhões de negros para a América
> 17. Destruiu Palmares
> 18. Condenou o Capitão Dreyffuss
> 19. Fuzilou crianças na Guerra do Paraguai
> 20. Assassinou mulheres no Primeiro de Maio em Chicago
> 21. Comandou a quarta expedição a Canudos
> 22. Matou o padre russo no Domingo Sangrento
> 23. Condenou Papillon
> 24. Enriqueceu com as duas guerras mundiais
> 25. Foi preceptor de Stálin
> 26. Fez a cabeça de Hitler
> 27. Planejou a Noite das Facas Longas
> 28. Fomentou a Noite dos Cristais Quebrados
> 29. Bombardeou Hiroxima

Aí ordenei a suspensão da leitura para esclarecer:
— De Nagasáki não temos prova. Dessa você se livrou.
E o promotor continuou:

30. Dirigiu Auschwitz
31. Assassinou Gandhi
32. Invadiu a Baía dos Porcos
33. Instruiu a CIA, a KGB e o SNI
34. Infertilizou o Vietnam
35. Enforcou Wladimir Herzog
36. Assassinou o repórter americano na Nicarágua em 79
37. Prendeu mães na Praça de Maio
38. Metralhou cento e onze em Carandiru
39. Corrompeu o Vaticano

O réu não quis mais ouvir seus antecedentes e cinicamente caiu. E eu, na qualidade de juiz, completei:

— Isso sem falar nos crimes mais antigos, como o assassinato de Abel e a prisão de Prometeu. Mas esses aí já prescreveram. Sua pena vai ser diminuída.

E estourei os ouvidos dele. Em seguida serrei-lhe as mãos para ele não escrever meu nome. E também os pés. Mas ele podia juntar os punhos com um lápis no meio. Então torei os dois braços, como se estivesse arrancando de um boneco de plástico. Devia Iemo estar em estado de semidemência, pois suas reações eram só impulsos bem primitivos, que se casavam com a primitividade de seu casamento. Ora, não é exagero: imaginemos que usassem o pênis dele para dar testemunho de algo. Ia cortá-lo, quando Melquior advertiu:

— Assim, seu Davi, o senhor mata o rapaz.

E eu, apesar de ser o supremo da Corte, acatei:

— É. E matar é contra a lei de Deus.

O pior era que eu não tinha convicção nenhuma. Era só para dar ênfase poética à vingança. Para não ser uma vingança qualquer. O importante era não matá-lo, para não guardar remorso. E graças a Deus consegui ser moderado.

Lá fora tinha uma jangada abandonada. Estava intacta, boiava. Colocamos a noiva e os restos de Iemo nela, toda forrada de sargaços, como uma manjedoura. Apanhei da areia uma estrelinha, beijei e joguei dentro. Iemo agora não tinha língua nem sentidos nem membros. Talvez morresse em breve. Talvez estivesse só desmaiado, prestes a despertar. Se despertasse não veria, ouviria nem sentiria nada. Não falaria, não gritaria, não regrediria sequer ao homem das cavernas. Mas lhe fiz uma concessão: a consciência. Meu desejo era que ele ficasse incomunicável, porém com memória absoluta de tudo. A noiva, quando acordasse, ou gritaria no meio do mar, junto daquele náufrago carcomido por tubarões, ou se entregaria aos nazistas.

Arrastamos a jangada para dentro do mar. Um pouco longe, para o casal ganhar liberdade e se soltar do mundo infernal dos homens. E se fundir com a fonte das águas e retornar à origem das origens.

Fora d'água, fizemos uma limpeza geral no ambiente. Dispensei os três reis magos do crime e fui ouvir de perto Dorival Caymmi.

Fazia um barulho muito grande na comunidade dos pescadores. Era dos grupos musicais comprados pelo senhor dos satélites. Poucas pessoas se deixavam atrair pelas canções tristes do velho baiano, tão simples e tão notável ao mesmo tempo. Ele não vinha por dinheiro nenhum; compunha pelo amor à arte mais antiga e mais envolvente do homem, senhora de um patrimônio que nenhuma outra jamais reuniu. Senti-me anestesiado por aquela simplicidade, aquela credulidade em que eu não acreditava, mas perdoava na figura linda do compositor. Era incrível como não precisava de som pesado e pareceu substituir o ritmo de minha vida, meus gostos, meu tato:

É doce morrer no mar
Nas ondas verdes do mar

Assimilando-lhe o ritmo, logo entrei a divagar. Sobre problemas bem meus, mas também da humanidade. O homem tem solução? Tão simples e tão notável, estava ali um exemplo. Bons frutos ainda restam, apesar dos mais grotescos. Com invólucro intangível, permanece a arte intacta, ainda que diminua, como todos nós sabemos, com a ascensão dos estúpidos. Capítulo por capítulo, a história se repete, quer queiramos nós ou não, no que há de mais grosseiro. Eis a farsa dos milênios, que é preciso transgredir. E a totalidade humana, se não for só ilusão, se recompõe quando o artista, o artista que não se vende, sopra dentro do nosso íntimo, com toda força primeva, o sopro que Deus perdeu.

Dos poucos que lá estavam, nenhum tirava a atenção:

> *Saveiro partiu de noite e foi*
> *madrugada não voltou*
> *o marinheiro bonito*
> *sereia do mar levou*

 E de homem para homem, sem complicação maior, a vida bem poderia, aproveitando as estrofes, ser uma beleza ímpar. Dias dourados viriam, harpas do céu choveriam, as mais canônicas notas, sem restrições ao criar. O amor — arte suprema —, entronado em todos nós, faria de tudo arte, do assobio do pescador às mímeses fonológicas das ondas verdes do mar:

> *Nas ondas verdes do mar, meu bem,*
> *ele se foi afogar*
> *fez sua cama de noivo*
> *no colo de Iemanjá*

 Para todos os efeitos, eu estava em Salvador.
 Inebriado de música, já não ligava pros riscos, por exemplo: ser notado. Era algo que germinava, de dentro do meu cadáver, como um bem vindo do mar. Naquela noite de bruxas, aos 29 de 02, desencadeei com ardor perseguição a mim mesmo...
 De vida nova e lavada, me sentei com Dorival e comecei a cantar.

A CAMINHO DA GRUTA

A Pretinha

Pretinha foi a primeira a notar que eu não explico como cheguei à gruta de Jacumã. De fato, há um pulo na seqüência dos fatos. Lendo para ela a minha imaginação perversa, capaz de monstruar colisões teogônicas, ela não se chocou com o massacre de Iemo ou com os contrastes violentos entre a crueldade deliberada de minha parte e as justificativas transcendentais da ação. Afinal, a Bíblia é o livro mais violento do mundo; e nem por isso perdeu a sacralidade. Deus continua com seu imperativo categórico do alto dos céus, às vezes incrédulo com as bestialidades humanas, às vezes simplesmente vendo na saga dos homens uma extensão de sua bestialidade. Por isso não me acusem de inverossímil, imaturo ou desonesto. A ocultação do fato foi uma necessidade, para gerar este outro conto. E chamo de conto àquilo que pratiquei de fato, sem qualquer alteração entre o acontecido e o relatado.

Eu sou um quase assassino e Pretinha nunca se estarreceu com isso. Nunca tivemos conflito por causa de meu passado medíocre, cujo ápice foi o episódio de Jacumã. A partir dali, mudei. E pensei jamais retornar à mediocridade, quando, de repente, a Pretinha me aponta o furo do texto. Este prólogo, então, é apenas uma ponte efêmera entre o presente e o retorno à gruta.

Gruta, grotão, grotesco.

Sempre que inicio um depoimento, gosto de me reportar a associações prolíferas. Elas me abrem pequenas veredas na linguagem, grandes sertões na imaginação. Dessa vez, todas as grutas do inferno, inclusive as invisitadas por Dante, se abriram para mim simultaneamente. E me deram sugestões as mais belas para a tortura de Iemo.

Todos nós guardamos, em gavetas fragílimas, algum vínculo com a brutalidade pré-histórica. A derrota da civilização pode ocorrer em segundos quando essas forças luciféricas, angelicais, algemadas no cerne da espécie, são liberadas. Milênios desmoronam: todos os esforços, todos os bens acumulados, são simples paralelepípedos diante dos monumentos do Mal. Mas o que fiz com o marinheiro não foi obra do Mal, este com maiúscula que dirige as regressões humanas. O que fiz foi fruto legítimo do divino, brotado do ventre do Bem. O avanço é um mito. O progresso uma máscara descarada. Iemo mesmo, junto com seus apóstolos da perversão, infernizava o Vaticano todo dia. E submetia a educação como um todo à égide do instinto primário. Ele era exemplar dessa categoria de malfeitores que resolvi estripar e extirpar da face da Terra. Não que eu fosse melhor do que ele, pois nunca escondi meu passado de delator. Mas Iemo, talvez sem querer, sem consciência da dor alheia, instalou a contravenção no meu cérebro. E naquele dia, com o olho da filha esbagaçado, minha mente engravidou-se de catástrofes e meu espírito marginalizou-se em horas. Minutos drásticos, péssimos, pútridos, malévolos, duram milênios no miolo central da cabeça, que se escarcaça, fratura os pretensos eixos do equilíbrio e arranca da gente, com os guindastes do Inferno, o supra-sumo do animalesco. Mas descobri subitamente que o cúmulo do Mal pode ser revertido ao outro extremo, quando se tem um objetivo de purgação e melhora.

 Já relatei para vocês como, com o auxílio pessoal de Deus, arrasei as muralhas de Iemo. Depois contarei como cheguei a outros de mesmo clã, preservando-lhes apenas a consciência. Ainda lembro que encostei o ouvido no coração do noivo, no chão da praia, semimorto, e ouvi-o bater com todo amor. Estava vivo. Ia permanecer vivo, lembrando-se de tudo, com dores em toda parte, e isolado do mundo como autista autoconsciente. Esse modelo de crime tornou-se paradigmático em pelo menos três revelações que fiz de Deus. Mas não é esse terceiro testamento que quero expor aqui. Aqui quero expor, finalmente, como cheguei à gruta de Jacumã.

 Peguei o ônibus para Jacumã no meio da tarde. Baltazar, Melquior e Gaspar ficaram de rachar um táxi. Tinham que chegar mais cedo por precaução. E se manter um pouco distante do núcleo da festa.

 Entrei no ônibus já planejando as doces minúcias da vingança. Antes disso, no entanto, fui arrastando nos dentes as últimas frases do diretor sobre Iemo:

 — Sabia que ele vai casar hoje? E que vai ser matéria nacional em jornais? Não se iluda, professor: Iemo não é humano; é sobre-humano; não tem noção de sofrimento.

E me mostrou a origem dele e o poder dos ancestrais de sempre produzir êxitos. Às custas de quem e de quê é que o nobre filho da puta, com a buceta da mãe, da mulher e das filhas enfiadas no pau de King Kong, não revelou. E um dia ele vai revelar, com língua ou sem língua. Este eu faço questão de que não fique incomunicável. Vai dizer em público o que é a máfia jesuítica dos colégios, da qual fui integrante fanático. Claro, Pretinha, ele já morreu; e está enterrado no Cemitério dos Pedagogos, ali na Epitácio. Mas minha incapacidade de perdoar é tão grande, e tão sincera, e tão absoluta, que eu vou desenterrar aquele defunto filho da puta e comer-lhe o cu post-mortem.

— Mas como, se o diretor é apenas um personagem?

Pretinha era lógica demais. E, se eu consegui inverter minhas energias noutro extremo, por que eles não? É uma questão de tempo. A poeira se assenta mas continua poeira. E o lado podre da humanidade, arrancado do barro do Inferno, tem que ser cortado com urgência. Esta é a minha missão na Terra, que Deus me revelou, obtusamente, dentro do olho moído da filha, com horror e transverberação nunca sentidos até então. E Iemo foi apenas o prefácio desse livro sagrado que venho escrevendo.

Iemo era incapaz de ter sofrimento. Educado para derrotar, era a má educação em ossos pontudos. O esqueleto do seu pai, também educado para derrotar, também enterrado no Cemitério dos Pedagogos, também será profanado por minha cólera. Os satélites que ele implantou no Nordeste são um avanço inquestionável. O filho, como toda a estirpe, um pré-histórico moderno. Não tinha a menor noção de ética e submetia tudo a seus gostos cavernosos. Furava, apunhalava, penetrava a gente com ruindades. E legitimava e naturalizava tudo, e normalizava e simplicava tudo, porque tudo no mundo fora criado para satisfazê-lo. Com essa infantilidade eterna ele se equivocou um dia. Tem uns por aí que não se equivocaram ainda. Mas o apocalipse deles chega.

É pena que já estou velho e minha raiva é lenta. Mas basta-me lembrar o diretor, cujo ânus defúntico hei de oferecer em banquete, para minha raiva voltar a crescer. O diretor queria me ensinar coisas sobre o santinho e família, como se eu não soubesse, dos mais verminosos papiros, encontrados nos mais remotos sarcófagos, a biografia integral daqueles suínos. Não fosse meu problema físico, eu ia atrás de todos, aterrorizando as madrugadas com o enforcamento de cada um em postes de esquina.

E era o ônibus andando e eu só pensando em Iemo. Onde estaria o ilustre marinheiro que libertou a França em 44? Estaria num baile de Hollywood? Recebendo o Nobel da Paz, por ter expurgado o nazismo? Sendo homenageado em Israel? Ou apenas em casa, de férias, com novos projetos para a liberdade e tomando banho em água mineral? Vai ver que cada mergulho na piscina era um mergulho em latrinas que a história esconde; em vaginas pobres que a história esconde; em sonos destruídos que a história esconde. História e pré-história, por isso, são sinônimos disfarçados, homônimos dissimulados, cuja fronteira não resiste a um sopro de micróbio. E como daria eu esse sopro? Como me ergueria da putrefação para a doçura? Como daria o primeiro passo para uma nova humanidade?

Em primeiro lugar, não me contentei com o arrancamento dos olhos de Iemo. Ia furar-lhe as pálpebras; introduzir-lhe cordões; e sair puxando o americano, com rédeas, pela areia. Se as pálpebras se rompessem, eu o ajudaria. Filantropia não se esgota da noite pro dia. E eu podia furar-lhe um buraco, com furadeira elétrica, bem no meio do osso do nariz. Seria uma injeção de segundos; não ia ser como as injeções da infância, que tanto marcam a gente. Depois atravessaria uma corda pelo buraco e o penduraria num dos coqueiros de Jacumã. Iemo tinha arrastado Gregório Bezerra assim, em 64, pelas ruas de Recife. Tinha que pagar com a mesma moeda. Nessa revelação, Deus não errou.

Falo de Deus porque não há outra imaginação a quem atribuir um poder tão fantástico. Eu ia colocar dois pregos, em sentido contrário, num pequeno toco de cabo de vassoura; em seguida, colocá-lo em pé na boca de Iemo. Se ele fechasse a boca, furaria o céu e feriria Deus. Desabado o céu, o Mal Absoluto tomaria posse dele.

Pensei também em cortar-lhe todos os dedos e enfiá-los em pequenas crateras do corpo. Ele daria a impressão, se achado, de um monstro-síntese de todas as aberrações, horrorizando o próprio Criador, para O Qual nada é imprevisível.

Mas deixemos de retórica e liturgia. Eu apenas cortaria Iemo de gilete em vários pontos do corpo, nos quais enterraria páginas da Bíblia. Em seguida, costuraria corte por corte, para ver se ele interiorizava alguma lição.

Vocês sabem, no entanto, que não foi bem assim que agi. Esses detalhes eram especulações dentro do ônibus, para evitar monotonia. Já eram parágrafos de minha narrativa sacra, sem a qual não haveria salvação. Eu não teria tempo de pôr em prática a nova Palavra de

Deus. Mas, se pelo menos um por cento eu cumprisse, já seria tudo, pois o Mal é o mesmo em todas as frações.

Nunca esqueci o que Ubertino diz a Guilherme de Baskerville sobre a milenaridade do Mal:

> *Usquit malem sanctum debentius loquare sed maximus stimulus; ergo, sum. Et augusus et aurus impuberendum rosae et puellae credo quia absurdum, sine qua nec plus ultra. Malis et benem equivoquus de auctor computi. Et Pretinia bella est. Malgradus finis namori nostri, gostus dellam aindam. Hic latinus ad paragrafus solla dibertiba et ironicus logus contra poetae Neovetusti, qui solle laborant metalinguagem.*

O ônibus parou no meio da estrada por causa de um estranho surto de moscas. Elas invadiram subitamente a região, ameaçando espalhar-se até a praia. O motorista explicou:

— Todos têm que descer para ser vacinados. É ordem da Prefeitura de Guarabira.

E eu:

— Guarabira?

Estava tão conturbado, que havia pegado ônibus errado. E não desci antes dos passageiros porque um velho cego entrou no ônibus para pedir esmola. Carregava uma menininha como guia, de olhos azuis e bem suja, cabelo louro maltratado e dois tutanos esverdeados descendo pelo nariz. Mas era linda; e os olhos, então, transbordantes de vivacidade, se fixaram nos meus. Não me perguntem de quem me lembrei, porque é óbvio. E o velho começou a parábola da petição:

— Essas moscas são castigo de Deus. Tem alguém por aqui que cometeu falha horrível. Deixou de praticar o amor para praticar a violência. E num ser saído de suas entranhas, o que é mais grave. É o fim dos dias que se aproxima. Pai contra filho, filho contra pai. É tudo sinal da degeneração universal que engolirá os maldosos e socá-los-á em abismos de escorpiões. Sobretudo os covardes, os que não mudam, serão devorados por legiões de insetos saídos das erosões do Inferno. Está tudo previsto aqui!

E ergueu a Bíblia diante do povo estarrecido. Todos iam se penitenciar dali por diante. Aí um gaiato, sentado atrás de mim, jogou no velho uma laranja chupada. E o pedinte não levou desaforo:

— Jogaro na mãe, acertaro no pai.

Muitos passageiros, recém-afetados pela prédica reveladora, gargalharam. E o velho não ficou por baixo:
— Fidibiu, fidibiu, quem riu o tabaco da mãe explodiu!
E o gaiato gritou:
— Vai trabaiar, furafronha!
E o velho, erguendo a bengala:
— Não vou! Posso ser um molambo sem lata de lixo, mas não trabalho. Não sou pau-mandado de ninguém. Não tenho meio trapo pra fazer um pijama de defunto, mas não lambo cu de patrão nenhum.
Aí o motorista interveio:
— Por favor, seu Davi. Toda vez que o senhor entra aqui dá confusão.
E o velho:
— É isso mesmo! Se não tiver gostando, mude de rota.
E puxou a filha com carinho:
— Vambora, Laurinha. É tudo uma tuia de mundiça.
Aquele cego era da raça dos Homeros, dos Tirésias, dos Édipos, dos Lears, dos Torquatos, dos Jorges de Burgos, dos que não se entregam nem a pau. E ainda encantam, tocam lá dentro da gente, esfaqueiam a insensibilidade, golpeiam a indiferença. E eu o senti no cerne, sem resistência, apesar da ditadura de tapurus que me governava.

Mas algo começava a mudar. Desviei-me da estrada de Guarabira e do temporal de moscas, cuja causa nunca procurei saber. Talvez carregasse a causa dentro de mim, perdido entre uma cidade e outra. Será que não pegaria o ônibus de volta? Não chegaria à gruta antes de Iemo? E uma sensação de impotência me dominou ao pensar nisso. Só que a raiva aumentava. E a consciência, que justifica tudo, não teve mais dúvida. Era preciso fazer com Iemo o bem necessário. O bem do mar, que nos reconduz ao mito. E nos carrega de novo para a harmonia, como se a história humana não tivesse sofrido a menor lesão.

No meio do caminho tinha muitas pedras. Pedras mesmo, de verdade, não metáforas quaisquer. E de ônibus nem sinal. E dei de cara com um vilarejo esquisitíssimo, aonde a televisão não havia chegado. Subtraído do mundo, era um lugar, como dizer?, sem nada construído. As pessoas, que me estranharam com roupas, viviam literalmente em grutas. Casebre de taipa era um privilégio inimaginável por ali. Mulheres entrapiadas, feridas com minha presença, recolheram-se com seus filhos nas mansões de pedra. Não havia água encanada, luz, calçamento. Viviam à mercê de barbeiros e outros nocivos que minguavam suas carnes. Cachorros magríssimos reforçavam a imagem de pauperidade. Não tinham um transporte, uma carroça, talvez nem conhecessem a roda. Não tinham um ábaco de argila e viviam enterrados em pé. O fogo talvez fosse descoberta recente, pois havia poucas horas tinham recebido a ajuda de Prometeu. Mas o mais provável é que eram habitantes do caos anterior à sombra de Deus e ao Verbo. Já teriam ouvido falar em Nosso Senhor Jesus Cristo? Não ouvi uma palavra deles, como se não articulassem som algum. Os homens, mal-escondidos em folhas de bananeira, me encaravam com ossos de animais nas mãos. Dois deles se dirigiram para mim, cercados por outros, sempre em passos lentos e desconfiados, como se eu fosse algum alienígena. Mas não me agrediram. Ao contrário: queriam contato. E me ofereceram uma moeda do tempo de Getúlio Vargas em troca de minhas roupas. Como eram roupas de gordo, abundantes, seriam de mil utilidades para eles. E ficaram pulando de alegria quando lhes dei a camisa. Aí apontaram a calça e os sapatos, exibindo sorrisos nos farelos de dentes. Como aquelas moedas dos anos trinta podiam, na mente deles, adquirir tantas coisas? Talvez fossem anormais, prejudicados da mente, e insistissem em viver em outro tempo. Mas como não tinham nada, um prato, uma cama, uma lata, uma cuia, e tinham aqueles tesouros do Pai dos Pobres? Só parei de especular quando fomos cortados por um enterro. O vilarejo (?) em peso então seguiu a menininha morta, enrolada em casca de milho, carregada pela mãe. Não tinha doze anos, atrofiada, como todos os antropóides por ali. Já fedia, pois há uns três dias havia morrido de inanição e desgosto. Havia-se trancafiado na gruta desde que fora brutalizada pelo filho do usineiro. O velório já vinha se consumindo em dois dias, pois não havia outra coisa a fazer naquela aldeia, globalmente isolada do mundo. A ordem mundial estava ali, no extremo das avessas. E a magrelinha, sem caixão, sem rede, sem papelão, sem um trapinho de nada, talvez se eternizasse no chão, sem enterro. Eu já não compreendia aquelas imagens tão fora de lógica, hiper-realistas, cotocos de gente triste, cuja mesma vida de sempre talvez já tivesse uns quinhentos anos. Haviam passado, vamos dizer, da missa de Frei Henrique Soares de Coimbra para o Inferno, de índios a desclassificados, inqualificáveis, inomeáveis, inexistíveis. Mas finalmente, quebrando minhas ilusões, a mãe da morta, Teofrásia, falou:

— O que foi que ele viu em Riobalda? Era criaturinha de Deus, não fazia mal a ninguém. A madrinha dela era Nossa Senhora. Para não dizer que o progresso nunca chegou por ali, chegou através do filho do usineiro. Quis estuprar a menina, ela reagiu, teve um olho estourado. Dias depois começou a sumir, sem comer nenhuma planta.
— A bichinha desjuizada, que graça ele viu nela? Pura ruindade. Às vezes ela escapulia pro mato, mas não queria terra de ninguém. Muito menos da Usina Saveiro.
E deixaram o subcorpo exposto numa pedra.
E ajoelharam-se, em uníssono, aos pés da vítima. E proparoxítonos e monossílabos expeliam-se, em vocábulos mórbidos, de mandíbulas tão fúnebres. De cérebros exíguos, de fenótipos esqueléticos, tais célebres anômalos deterioravam-se já impúberes. Homúnculos, famélicos, de pálpebras pálidas, estômagos côncavos, músculos impródigos, hálito fétido, eis a síntese canônica da fábula histórica. Do físico tísico ao espírito incógnito, características hecatômbicas pontilhavam-nos. De fêmures assimétricos, rótulas acilíndricas, vértebras cáusticas, glóbulos óticos sórdidos, anêmicos, testículos raquíticos, assemelhavam-se a féretros âmbulos antecipando-se a Tânatos em seus túmulos trêmulos. Ágrafos e herméticos, algemavam-se a um perpétuo pretérito.

Logo voltei pela vereda de pedras, retomando o caminho de Guarabira. Eu tinha presenciado tudo aquilo mesmo ou minha imaginação estava atacada de moscas? Poderiam existir seres tão miseráveis, pré-humanos? Ou eu estava projetando Iemo em todas as paupérias possíveis?

O que eu estou contando a vocês, a pedido da Pretinha, não é ficção. É verdade colhida a olho nu. Eu prefiro acreditar no que vi a entrar em delírios artísticos. E aquela população (?) só podia ter existido de fato, ainda que eu nunca tenha voltado lá. Mas conferir-lhe a verossimilhança é submeter o que vivi a regras da fantasia. E eu lembro ter saído lúcido daquela idade neolítica, daquela litópolis sem surpresa para seus moradores, que pararam na eternidade, e talvez agora despertassem com a ruptura trazida pelo filho do usineiro.

Cansado de digressões, pedi carona a um caminhão na pista, que me deixou em João Pessoa. Chegando a Jacumã, aproveitei-me da distração do povo: dois ônibus tinham se chocado na entrada da praia, sem sobrar ninguém. Um dos ônibus era o das três horas, o qual, por engano, eu havia trocado pelo de Guarabira. Então quer dizer que eu estou vivo e inequivocamente credenciado por Deus.

Distanciei-me ao máximo das pessoas. Caminhões da Prefeitura logo retiraram os corpos e os estilhaços dos ônibus, para não atrapalharem o tráfego para a festa.

Anoiteceu e notamos que o pouco de polícia tinha sido deslocada para ordenar o trânsito. Baltazar, Melquior e Gaspar me levaram até a gruta, quando apareceu no céu a primeira estrelinha. Quando a noiva de Iemo, sem nos ver, desmaiou como uma galinha morta a bofete, ficamos debatendo sobre o julgamento. Ele deveria ser humilhado até pedir clemência? Ou teríamos que espancá-lo pura e simplesmente?

Por fim, o americano chegou e fizemos o que fizemos. Depois colocamos no saco todos os instrumentos criminosos, inclusive a Bíblia, para dar sumiço. Antes de devolver o marinheiro, todo deformado, ao reino das sereias, fiquei pensando como a cabeça dele ia agüentar tanta dor, em tão pouco tempo, desde que desceu da lancha. Deve ser terrível passar do extremo do conforto para o extremo da penúria; regredir dos satélites para a pré-história; vencer os generais de Hitler e ficar impotente na lua-de-mel. Mas Iemo não era humano para ter noção de sofrimento.

FICOU PELA GATA BUCHUDA
(ou *Viajei com Oscar Wilde*)

Cheguei ao aeroporto de Recife para pegar o professor palestrante.
— Professor Oscar Wilde?
— Sim. É você que vai me conduzir?
Entramos no carro. O trânsito estava livre. Logo pegamos a 101 a caminho de João Pessoa. O vôo para a província havia sido cancelado. E o professor perguntou como estava a cabeça do povo de minha terra. Já tinha ido por lá e sofrido repúdios. Embora não tenha se inibido, passou a ter medo de atentados. Procurei tranqüilizá-lo:
— O pessoal dos Casais é bom. Já trabalho pra eles há três anos, desde que me formei em Letras. Nunca vi nenhuma discriminação.
O professor pareceu estranhar:
— Formado em Letras e dirige táxi?
— Mas qual a novidade disso? Em São Paulo tem médicos trabalhando como camelôs ou cobradores de ônibus. E o senhor não viu aquela reportagem sobre a França? Incendiaram uma casa de turcos, imitando a arte de neonazistas alemães. Os europeus estão repudiando os estrangeiros. A máscara é o racismo, mas a raiz é econômica.
— Vi no Anhangabaú, em São Paulo, uns carecas surrando um velho. Me lembrei daquele filme *Laranja mecânica*, você assistiu?
— Não, mas posso imaginar. Não precisa ir longe. Lá em João Pessoa...
Tivemos que interromper a conversa. A pista estava tomada por uma manifestação popular. Uma mulher estava sendo jurada de morte. A população não aceitava a decisão da Justiça de transferir a assassina para o manicômio.
O professor perguntou a um mendigo:
— Mas que assassina?
— É uma mulher aí, que tem uma banda do juízo chupada. Mas o juiz, aquele preguiçoso, mereceu. Acontece crime aqui todo dia e os

processos ficam amarelando, apostando corrida com as traças. Esse novo juiz é a mesma ensebação. Mais preguiçoso e mais canalha. Foi criado com trezentos quilos de camumbembe e não dá um prego numa barra de coalhada.

— Sim, mas a assassina?

— Tá sendo remanejada. Desaflorou misérias de dentro da mão. No entanto, antes de matar o marido, todo mundo dizia que ela era uma criança. E era mesmo. Até de corpo franzino, que nem vara de espanar. Acabou escorregando os dedinhos, com tesoura e tudo, no gogó obeso do juiz. E do marido fez um escorredor de arroz. Por aqui, nessa esquina envenenada do mundo, a vida vale uma nota de duas cabeças. Há tempo que Deus virou a espinha pressas bandas. Até o céu aqui, no pouquinho que tem de azul, é remendado de bala. Isso aqui, meu doutor, não é Recife mais não. Já foi Recife, nos tempos áureos de Arraes. Inventaram a tal da emancipação e taí a caveira feita! Um subúrbio que não tem onde cair morto e quer ter lei municipal própria, já pensou? Disseram que a vida ia ficar mais pacata, sem a corredeira da capital, só pro povo besta encharcar as urnas de voto. E taí: virou o quintal da casa do diabo. E todo juiz que vem pra cá, todo delegado, toda autoridade de mentirinha, é que nem chapa em boca de fantasma: não cola. Com isso, a desordem vira capim crescido. E os ricaços tiram e botam, se lavam, dormem, roncam gordura, amanhecem cagados de tanto comer e se limpam com a lei municipal. E não têm prejuízo em uma pelanca.

Tomou ar da periferia da ex-Recife e continuou:

— Agora, tem um porém. Um porém velho, da idade do diabo, mas que só agora despertou. O povo pobre tá começando a cometer crime também. Me perdoe Deus, mas não tem outra salvação. Os bacanas manipulam a lei desde os holandeses. Fora de casa e dentro. Ali mesmo na principal tem um fazendeiro que escraviza a mulher. Se ela gosta, como o povo diz, é outra história. Mas ele algema a mulher toda vez que sai de casa. Ele faz isso, coitado, como se pudesse algemar os cajados de São José que rodeiam as janelas dele. E olhe que o povo adora comentar isso. Se delicia com o baião de dois da vida dos outros. A maior parte sem emprego, vive com a imaginação parindo picuinhas. Quando é gentalhinha que mata um lá de cima, zé-povinho fica contra zé-povinho, em vez de se unir pra guilhotinar os mandões. O senhor vai me achar um revoltado. Mas isso aqui que o senhor tá vendo já é a periferia do inferno. O miolo fica na delegacia e no juizado, que ganha dinheiro de quem tem dinheiro pra achatar quem não tem dinheiro. E eu não tenho medo não. Fui das Ligas Camponesas. Sabe que o povo por aqui nem sabe o que foi isso? Não ficou um fiapo pra fazer um chá de memória. Mas o troço tá mudando. Uma autoridade morrer como morreu, com o sangue descendo a escadaria do juizado, é sinal de bons tempos. Nisso eu aposto: essa mulher foi enviada por Deus.

Traída pelo marido, nunca se conformou com o abandono. Foi deixada por ele, que se apegou a outro homem. Os dois já tinham um caso de longa distância. Ela sabia de outras mulheres e até fingia ter se acostumado. Mas ser deixada por outro homem? Que se casou com o marido dela com honras, papéis, igreja e tudo? E o padre não dizer nada? E o povo comparecer ao ritual? E os dois serem banhados de flores e saírem de carro puxando latas? Tinha guardado uma arrouba de humilhações no pé da garganta. Esperou o divórcio, para ver se tinha reconciliação. Nunca tinha amado um homem com tanto empenho. Ficava cega para outras mulheres, para não aborrecê-lo e não perdê-lo. Podia até esquecer o casamento com o outro homem. Se submeteria a tudo para tê-lo de volta. Mas ele chegar perante o juiz e dizer que não a amava mais? E que sua vida sexual e espiritual mudou completamente desde que se casou de novo? E o juiz, uma autoridade, uma voz da lei, não dizer nada? Mas dessa vez ela foi preparada. Não tinha duas cabeças para ser humilhada uma segunda vez. O faz-com-os-outros-o-que-a-gente-bem-entende tinha que furar um pneu e parar à força, nem que capotasse. Ela também era filha de Deus, cultivava Maria e merecia respeito. Era gente de bem, devota de Santa Joaninha. Gentalha era o juiz, fardado do diabo, que recebeu uma tesourada no pescoço. Gentalha era o ex-marido, tesourado bem no meio do coração. O ódio guardado, lustrado com óleo de peroba e flanela, transbordou na sala do juiz. Que não ficou para ditar a súmula. Os funcionários correram horrorizados, enquanto a mulher apunhalava o ex-amor, ainda amor, como um bife malpassado. Entraram dois guardas na sala e não conseguiram domá-la, espumando pela boca e pelos olhos. O ex-amante, agora marido, ou mulher, agora ex-mulher ou ex-homem, que esperava lá fora, conseguiu escapar. E ela, antes de ser presa no meio da rua, correndo atrás dele, ou dela, jurou de morte a desgraça de sua vida e o padre que o diabo batizou e despejou naquelas bandas. Amedrontado, o padre teve que cancelar um casamento de rotina e foragir por uns tempos. Mas não perdia por esperar, porque a mão de Deus, encarnada na viúva, não tinha erro. O padre podia ficar sossegado por mil anos.

    Os jornalistas mais sérios de Recife ficaram impressionados com as declarações da mulher. Não era uma qualquer. Cultivava o ódio como feto monstruoso que a gente quer e não aborta. E alisa todo dia, mesmo sabendo que está podre dentro da cápsula da vida. Não pronunciou um único nome feio. Não desfez nem humilhou ninguém. Não se rebaixou a seus antagonistas e por isso passou a ser motivo poético e místico tempos depois.

    A polícia liberou o trânsito. Vinha a mulher de seu segundo julgamento, quando os carros da polícia foram atacados. Ficamos temendo tumultos maiores, como saques e incêndios. Mulheres muitas faziam movimentos, estendiam faixas a favor da viúva branca. Sabiam lá dentro o que era a traição dos maridos e diziam que lei nenhuma no mundo tinha racionalidade para julgar isso. Porque a humilhação é intraduzível. E o Código Penal um monte de papel caduco, sem óculos para ler a dor. Como vocês podem ver, também não eram mulheres quaisquer. Tratavam a questão com elegância, por grotesco que fosse seu conteúdo. Enquanto isso, outras mulheres, acostumadas aos calcanhares dos maridos, pronunciavam misérias. Repudiavam aquelas comunistas que apoiavam o massacre do juiz. Avistamos entre elas faixas da TFP, por mais que parecesse anacrônico. Ressentimentos reacionários reacendiam. E uma guerra civil localizada poderia eclodir com os resultados do julgamento.

    A intervenção da polícia foi mais para liberar o trânsito, que estava engarrafando a saída de Recife. Eu já estava cansado de ver num carro à frente:

> NENHUM SUCESSO NA VIDA
> COMPENSA O FRACASSO DO LAR

    Felizmente o carro fez a curva, entrou no subúrbio e liberou a vista do pára-choque de um caminhão:

> MULHER DE AMIGO MEU É COMO TRAVICERO
> EU SÓ BOTO A CABEÇA

O professor anotava tudo num caderninho.
Corri o que pude para chegar logo à Escola Técnica. A entrada de João Pessoa chamou a atenção do palestrante por causa de duas filas incomensuráveis. A primeira ia para onde íamos, como se nos seguisse. Ninguém na calçada informou o que era. A segunda vinha.
— Deve ser desemprego. O neoliberalismo está brabo.
Arrisquei uma opinião:
— Aquela fila que vai, professor, eu não sei. Mas essa que vem é para ver o lançamento do novo livro dos Neovetustos.
— Quem são os Neovetustos?
— Poetas e críticos de literatura que só querem saber de metalinguagem. Eles acham que o desemprego estrutural, por exemplo, é um signo.
O professor anotava tudinho em folha, como se aprendesse comigo. Até que confessou o que ia fazer na Escola Técnica:
— Vou dar uma palestra para o Milésimo Primeiro Encontro de Casais com o Divino. Os católicos estão com medo do crescimento dos evangélicos. Por isso estão nessa de renovação carismática etc. Mas eles precisam de uma palavra de conforto. Como minhas teses sobre o casamento foram publicadas no Exterior, eles me convidaram para um debate. São pessoas finas, que merecem toda atenção para que suas convicções se reforcem. Eu quero dar uma contribuição nesse sentido.
Entramos na Escola Técnica. A mesa foi composta por autoridades, do Governador ao Secretário de Ética Pública, do diretor da Escola Técnica a um poeta Neovetusto, que só trabalhava a metalinguagem. Me dispersei no auditório. E o professor, depois da apresentação e das trovoadas de aplausos, não fez arrodeios:
— Esqueçam tudo o que eu escrevi.
Aí já aplaudiram menos.
— Tenho chegado a conclusões muito realistas sobre o casamento. Quem me conhece, quem já leu meus cento e vinte e três livros, sabe que eu não sou de ironizar. Mas o que eu vou dizer é a nova tendência

do meu pensamento. Todos aqui sabem que fui companheiro de Pablo Cenoura. Assinamos uns trinta livros juntos. Vendemos à vontade. Confortamos muitos espíritos imbecis, inclusive o de vocês. Mas eu cresci. E quero crescer mais em vendas, nessa nova tendência, para suplantar Pablo Cenoura.

Tomou um gole dágua.

— Enquanto Pablo Cenoura continua a transformar os sonhos de vocês em poupança e conta corrente, eu decidi fugir dessa farsa. Não por questão moral ou ideológica, mas porque é farsa mesmo. Eu sou um cientista, um antropólogo, faço pesquisas de campo. Não posso continuar na farsa porque a realidade evolui. Hoje faço autocrítica: só manipulei os desejos regressivos de vocês durante meus cento e vinte e três livros. Graças a Deus hoje estou livre dessa imbecilização. Tenho recebido novos créditos do céu, novas iluminações. Vou tentar resumir pra vocês a nova verdade.

Fui lá fora só saber o porquê daquela fila dinossáurica. Da entrada sul da cidade ao portão da Escola Técnica, ninguém disse o que era. Mas o guarda informou:

— São pessoas inscritas para a palestra.

— E por que não entram?

— Porque ninguém aí se inscreveu para assistir à palestra, mas para dar.

— Para dar? São todos palestrantes?

— Suplentes. Na verdade, desempregados. Em caso do professor não vir de Recife, um deles ia ser escolhido.

— Isso quer dizer que qualquer um pode chegar assim, sem mais nem menos, e dar uma palestra de alto nível na Escola Técnica.

O guarda se mostrou ferido:

— Qualquer um, não! Dobre lá sua língua, seu analfabeto! Todos aí são formados em Letras.

Voltei ao auditório. Oscar Wilde estava empolgado:

— O casamento é incompatível com a espécie humana. Nós nos casamos e nos mantemos casados à força. Por conveniência, pressão cultural e social, necessidade, comodismo, enfim, tudo o que contraria a liberdade e o que queremos ser de fato.

Perguntaram sobre a importância do casamento na família brasileira.

— Na família brasileira, que não existe, eu não sei. Mas na vida real o casamento é um caos. É antiteológico e antifilantrópico por excelência, porque uma certa ordem no mundo só começa quando Deus supera o caos. E o casamento só faz piorar as relações humanas, que tendem a se desorganizar com ele.

Pediram ao professor uma definição mais clara. O Neovetusto, na mesa, ficou rindo, talvez pensando em metalinguagem. E o professor respondeu:

— O casamento foi inventado pra desunir o casal.

Um leve oh de horror perpassou o auditório, como se ninguém estivesse confirmando por dentro. Todos os casais, se entreolhando, deram-se as mãos. E o palestrante continuou:

— Quais as duas coisas mais fascinantes no casamento? A traição e o divórcio. A traição porque é a única tentativa de reconciliar o casal. Portanto, uma ilusão. Como ilusão, um direito fundamental do homem. Ninguém tem direito de quebrar a ilusão de ninguém. Quanto mais alimentamos as ilusões das pessoas, mais estamos sendo fiéis ao princípio do direito. Mais estamos solidificando a sociedade civil, que se baseia no respeito à privacidade e na separação entre a ética pública e a privada.

Havia no auditório alguns maridos militares. Notei que não suportaram ouvir "sociedade civil" e se entreolharam. Beijaram a mão das esposas.

O professor retomou a palavra:

— Tenho idéias próprias sobre o casamento. Prego o divórcio como prova de amor próprio e amor ao próximo. Mas não sou de destruir ilusão de ninguém em torno do casamento. Ao contrário: o dia-a-dia a dois, sob o mesmo teto, é imprescindível para comprovar minhas teorias, que não têm a menor ironia. São apenas reflexo passivo da realidade humana. O divórcio, por exemplo, eu tiro por experiência própria. É uma questão de bom senso. É o maior júbilo que um casal pode registrar em toda a sua vida conjugal. Divórcio é sinal de racionalidade. É o caminho para o reencontro com o mais natural e humano, que é a poligamia. É certo que a poligamia é muito mais fascinante durante o casamento, devido aos riscos e às comparações. Mas com o divórcio ficamos oficialmente livres. Até para amar.

Perguntaram sobre sexo na atualidade e o professor foi categórico:

— Sexo depois do casamento nem pensar!

Perguntaram com indignação:

— Como é que o senhor vem aqui, num encontro de casais cristãos, pregar o divórcio?

— Não vejo incoerência. Deus nos diferenciou dos animais pela capacidade de pensar. E o divórcio é a reconquista da inteligência, obscurecida pelo casamento. O único instante de lucidez de um casal que realmente se ama. Quando a ilusão é de fato ilusão, o casamento ainda pode ser suportado como máscara. Mas chega um ponto em que o casamento só se sustenta com o divórcio.

Tomou um gole d'água:

— Antes do divórcio, porém, o casal pode se sustentar com traições contínuas. A princípio veladas, depois assumidas. Eu fico pensando na monotonia que é chegar em casa e encontrar a mulher sem outro na cama. É deprimente. Sua consciência estoura de remorsos. A vida se torna repetitiva, vegetativa, estressante. Sua mulher é fiel, sabe usar e diferenciar tudo, faz tudo como deve ser feito, e você chega em casa e não vê subversão alguma nas coisas. Como é que eu posso suportar esse eterno retorno? Vou para o trabalho seguro de que minha mulher me respeita em minha ausência, que chatice! Não tenho a menor tensão, o mais tímido colapso. E as coisas se horizontalizam. E a vida conjugal se torna uma indústria cultural. Isso é ou não é um absurdo? Daí o papel revolucionário da traição. Sobretudo aquela flagrada no ato. Ela leva você a refletir sobre como sair dela ou diversificá-la para evitar que não se repita da mesma forma. A traição introduz na gente um nível incomum de autoconsciência, daí o seu caráter filosófico e elevado. É um meio de meditar sobre os próprios limites e as condições de se reeducar para a auto-superação e a investida em novas possibilidades da existência. A traição, nesses termos, é ao mesmo tempo artística e dialética, o que a princípio não é compatível.

Depois da água, continuou:

— Mas vamos voltar para a prática empírica. Com essa abordagem filosófica, o casamento fica mais desumano ainda. Você chega em casa e vê sua mulher de pernas abertas, com um homem bem no meio. Isso é no mínimo exótico. No mínimo tira você do ritmo. Desse ritmo mecânico da vida moderna, tão reificada. Ao tirá-lo de ritmo, é como se seu comportamento, suas reações, sua sensibilidade, sua percepção, sua capacidade de análise, tudo em você saísse da produção em série. A traição transforma você num fora de série. Sem ironia. Eu detesto ironizar quando estou falando da realidade humana. Você se sente diferente; é arrebatado pelo imprevisível; sofre o impacto do inesperado. As pernas de sua mulher, recebendo o membro do outro, inserem você num novo círculo de relações e ampliam seu universo, cuja mediocridade só é suplantada pela traição. A traição arranca você da passividade de coisa bruta e lhe reintroduz o humano. Você de repente descobre e sente na pele que é importante quando leva aquela cangaia. Sua cabeça muda e você cresce.

Um militar perguntou se o professor não tinha medo de difundir idéias estranhas ao povo brasileiro, o mais católico do mundo, com maior quantidade de fiéis. E ele respondeu:

— Às vezes eu tenho medo da traição não por uma questão moral, mas científica: ela pode desmentir minhas teorias e unir profundamente o casal. Aí o casamento será salvo e voltará a incidir sobre a mesmice cotidiana. Então minhas teorias renascem das cinzas. Ou o casal se separa de vez, atingindo a felicidade adiada desde a lua-de-mel, ou vai debater sobre novas formas que, com impactos diferentes, dêem encanto à vida diária. Nesse caso, o encanto sonhado pelos filósofos, de Epicuro a Weber, pode ser atingido por uma traição conjunta, de comum acordo, que jamais faça do amanhã a repetição do hoje. Vejam como a cangaia tem uma dimensão transcendental fantástica. Transtemporal, transegoística, transídica, tudo na base da transa. É a vereda prometida à humanidade pelo cristianismo. A traição mais inesperada, mais inimaginável, mais chocante, pode conduzir a uma revolução interior. Pré-requisito, segundo a Bíblia, para a salvação e a verdadeira fraternidade. A traição, por isso, é o único gesto do casamento que não tem hipocrisia.

Outro militar quis que o professor esclarecesse por que Deus é contra o casamento.

— O casamento, assim como a guerra, prova o seguinte: ou Deus não existe ou nunca obedecemos a Ele. Porque Deus não tem mistério: Ele quer que tenhamos felicidade e amor. E o casamento vandaliza esse plano divino.

Outro militar, ex-agente direto de Médici, perguntou ao professor se ele não tinha mais noção de pecado. E assim falou Oscar Wilde:

— O casamento, com a fidelidade, quer impedir o pecado. E o pecado é a virtude original do homem.

O poeta Neovetusto levantou o dedo para falar, provavelmente sobre a semiótica metassígnica do casamento enquanto significante. Mas passou pelo auditório uma gata buchuda, provocou tumultos, até ser espantada para fora. Nesse ínterim, o palestrante retomou o microfone:

— O casamento é uma convenção excêntrica que não condiz com o princípio do prazer. O pecado é a essência do homem. É o que lhe dá estatuto de criatura. É o que lhe devolve a filiação primeva a Deus, porque o pecado quer ser capaz de tudo. Vejam que Deus, para criar o universo e fazer maravilhas, não se casou. Não cometeu a estupidez de se dedicar a um único ser. Ao contrário: faz questão de ser venerado por todos. Assim, Deus é o ser mais poligâmico que pode existir. É o órgão sexual mais tesudo do universo. Ele não se cansa de exigir preces e idolatria. Como criaturas sensatas, temos que seguir o exemplo dEle.

Aí um civil, homem comum, desarmado, dono de uma rede de bancos que financiou a Operação Bandeirantes, quis saber sobre o futuro da família, célula mater da nossa sociedade cristã. E o professor amenizou:

— O casamento é o que mais contribui para a destruição da família. E a traição, nesse caso (mas só nesse caso), é uma forma de Deus abrir a cabeça do casal e da sociedade. Sociedade é diversidade e casamento é unidade. Como a sociedade jamais se unifica, o jeito é o casamento se pluralizar, para ser compatível com o movimento social. Um homem com várias mulheres é um homem realizado, pois não gosta de nenhuma. A mulher com vários homens tende a ser feliz, pois sente saudade culposa do marido ou o repudia de vez. Estão vendo? A gente roda, roda, e chega na mesma: só a traição e o divórcio garantem a unidade familiar.

Para facilitar a compreensão, o professor resumiu a verdade:

— As pessoas têm direito de cultivar ilusões, mas não de serem iludidas. O casamento ilude os filhos, que crescem com a idéia de segurança na cabeça. Ora, é a insegurança o que mais mobiliza a sociedade. A segurança é conservadora e reacionária. A instabilidade desperta criação. Daí o casamento ser a coisa mais fútil aos olhos de Deus, pois Deus é Criador. O ritmo da criação e do entusiasmo, na história do universo, foi quebrado desde o primeiro casamento. A cada separação ele toma novo fôlego, nova esperança, e praticamente Deus ressuscita. Como o homem é imagem e semelhança de Deus, o pecado, essência do homem, também é essência de Deus. Enfim, o pecado é a única coisa que nos liga a Deus concretamente, pois é o caminho inequívoco para Ele.

Quando os militares, em encontro com Cristo, puxaram o revólver para matar a gata buchuda, que voltou ao auditório, a gata saiu com toda calma e elegância, indiferente às pressões. O diretor da Escola abriu inscrições para o debate. O primeiro a se inscrever foi o poeta Neovetusto, que só trabalhava a metalinguagem. Quando ele começou a falar, o narrador já tinha ido embora.

UM TERÇO DE ÓBOLOS

Advertência ao leitor falso

Em novembro de 89, na noite da queda do Muro de Berlim, tive a sorte de me encontrar com o teólogo Erich Bown, autor do grande romance **A primavera dos povos**. Dei-lhe um senhor abraço e ousei perguntar-lhe, ali mesmo, na euforia das pessoas, presenciando o fim do século vinte e da maior esperança da humanidade, se não seria outra primavera a se abrir para os povos ou se os povos não iam agora hibernar ainda mais com o domínio absoluto do capital. Bown não quis prolongar assuntos políticos; muito menos previsões óbvias. Estava ali em Berlim desde que fugira de João Pessoa, em 86, maltratado pelos colégios, pela ordem clerical e por alguns alunos que juraram seu mestre de morte. Havia encontrado paz na Alemanha, apesar de ter sido um dia confundido com um turco num aeroporto e ser igualmente jurado de morte. Não acreditando na ascensão de neonazistas, preferiu subestimar, como muitos fizeram no passado, a influência e o poder dos fanáticos. Mas havia encontrado paz na casa de alguns amigos, aos quais ensinava português, até a paz ser consumida por um incêndio, provavelmente provocado por racistas radicais que, ao contrário dos racistas amenos, não são atingidos pela polícia alemã. Para não dizer que Bown não tocou em política, só falou no outro dia, aos pés dos cacos do Muro: "Caiu. Mas muitos ficaram". E fechou-se em sua cela interior, sem sequer me reconhecer no dia seguinte. Então não custei a deduzir sintomas de alienação mental no meu amigo, que na mesma noite suicidou-se. Recorri aos seus amigos para saber das causas de tão estranho e sumário fim. E aí me confessaram coisas que eu não reproduzo aqui, em respeito à memória do morto, mas que eram profundamente tristes. Talvez o desgosto político-existencial fosse a *principal causa de precipitar o encontro com Deus, correndo o risco, por ser suicida, de não ser bem recebido. Arriscou-se, porém, fundamentando-se na crença de que Deus ama muito mais aos ousados que aos medianos. Ora, não me contentei com explicações vagas de ordem metafísica e mística: também sou ousado. Desconfiando dos medianos amigos de Bown, empreendi pesquisa própria sobre sua estada na Alemanha. E mesmo com informações fragmentadas, saídas de bocas medrosas e desconfiadas, sempre de orelha em pé frente a um nordestino brasileiro, consegui alguns dados importantes. Bown havia sido convidado para a Universidade de Berlim, doutor que era em Hegel e principalmente na obra de Hegel sobre o cristianismo. Daí para cultura medieval foi um pulo, profundo conhecedor que era da Baixa Idade Média, com o aparecer das universidades, das grandes cidades, dos prenúncios do Renascimento e da nova mentalidade comercial que lançaria a pedra de alicerce da modernidade. Mas o outro extremo também existia em Bown: era um marxista convicto, apesar de nunca ter se filiado a qualquer organização de esquerda. Na Alemanha, entretanto, mal dera as primeiras palestras, fora acusado de terrorista anti-social-democrata, antiprogressista, antiesquerdista e antidireitista, enfim antipaz, corruptor do povo alemão inteiro. Ora, um povo tão íntegro, tão imanipulável, incapaz de se submeter a regimes totalitários, como ia ser degenerado por um simples professor universitário? Essas respostas ainda demonstravam a força de Bown e sua crença pré-cega, digamos assim, na renovação do marxismo. Mas, no meio de uma palestra em que demonstrava as vantagens do socialismo a um auditório superlotado, começaram as pessoas a se levantar e correr rápido, não em repúdio a Bown, mas por causa da grande notícia: a liberação do governo alemão para demolir o Muro. Não ficou ninguém na palestra, nem mesmo o palestrante, com o qual me encontrei em meio à alegria geral dos povos. Só ele se mantinha taciturno, ou indeciso, ou ambíguo, por não poder se opor a uma evidência concretíssima nem tampouco acreditar em melhoras dali pra frente. Isso deve ter trazido uma confusão terrível para seus miolos, e no mínimo, onde passasse, seria tido como otário. Com isso ganhariam força outras convicções, inclusive a de neonazistas, que sempre haviam alertado o povo alemão, tão puro, contra* bárbaros. Bown deve ter partido deliberadamente por essa confusão mental e medo de mais um exílio dentro do exílio. Seus amigos não hesitaram em me dar o esboço de mais um romance dele, **A era dos ápices**, sobre as conturbações do século vinte. Assinei toda a responsabilidade pelo destino do livro, o qual pretendo enviar à Companhia das Letras ou à Iluminuras para apreciação. Só que no meio dos papéis tinha um livro de contos, ainda em manuscritos, em papel-bíblia, sem uma única rasura. Estou aqui em São Paulo desde 90 e só agora desperto para a possibilidade de publicação dos contos de Bown. Todos obras-primas, sem um único parágrafo exceção. Os temas variam do misticismo à sátira voltairiana, com mescla de formas e combinações insólitas da herança cultural. Mas o que mais chama a atenção, assim eu o percebo talvez por ter vivido o mesmo contexto, é como Bown nunca conseguiu sublimar o choque lhe causado pelos colégios particulares de João Pessoa. Ora, como é que alguém de espírito elevado, poliglota, respeitado no circuito mundial de sua produção, com trabalhos publicados em anais internacionais, não se livra da lixeira de uma província? Talvez essas mágoas invisíveis, fora do alcance dos medianos, fossem ao mesmo tempo seu pecado original e o motivo constante de sua busca de salvação, o que se traduzia em suas obras e com mais sinceridade nos contos. Só que Bown escreve uma verdade em seus textos de teologia e história e outra verdade em sua ficção. E Aristóteles nos ensina que o historiador trabalha com o que aconteceu; e o artista com o que poderia ter acontecido. Mas Aristóteles não leu o autor que se segue, senão reformularia sua teoria. Porque o que o teólogo conta aqui é a realidade absoluta, sem outra interpretação possível. Eu estava lá no colégio no dia da sua última aula, quando foi demitido, por ter sido aula de religião. Ele não exclui ou acrescenta nada ao que ocorreu, o que também testemunhei e confirmo sem alteração. Portanto, segue aí não um relato, mas **o** relato do acontecido, porque não há outro possível. Ele é tão sincero, tão puro, tão ético e tão transparente na escrita, que dela resulta uma realidade que talvez só a arte fosse capaz de reproduzir. Escreve uma coisa tão real, que preferimos não assumir (porque demonstra nossas contradições) e achar que só um ficcionista teria fôlego para retratar com tanta nitidez e segurança momentos radicais dos nossos conflitos. Mas... vamos ao manuscrito. Diria apenas que o título *pressupõe (não tenho certeza) um texto em três partes, das quais apenas a última chegou às minhas mãos.*

3. Salvo engano, é Guilherme de Baskerville que diz ao velho Jorge de Burgos que Deus também pode se revelar por torpezas. O velho não aceita: para ele, Deus é transparência, nitidez, harmonia, logicidade, inteligibilidade, o que está demonstrado na natureza. As artes e os gestos que contrariem o equilíbrio das coisas, dando expansão a absurdos, são excrescências iníquas que revelam a presença do Mal. Para Guilherme, todavia, toda via dá em Deus, inclusive o Mal, que pode ser instrumentalizado por iluminados — sobretudo artistas — para a consumação inequívoca do Bem Maior.

Eu já havia lido um terço da obra de Umberto Eco quando o toque da escola me recolocou em sala de aula. Foi uma sensação desgraçada, seguida, mais uma vez, de ânsia catártica de vômitos. Havia um terço enorme na entrada da direção, por onde estava passando há três meses, desde que me candidatei, sem querer, ao Inferno. Os alunos eram riquíssimos e transformavam cada moeda em arma de dobra. Já tinha vindo de algumas experiências amargas, em outros colégios, mas as faces da moeda nunca são a mesma. Fiquei confuso antes de entrar na sala, pensando na recepção — ou decepção — de meu trabalho. Mas o mais paradoxal, e incompreensível, e díspare, e absurdo, e desarmônico, para não falar propositalmente maldoso, era o cinismo aberto do diretor em dizer que o colégio era religioso e que estávamos todos ligados a um objetivo comum e maior. Ninguém poderia tentar inovar em nada, discutir, acrescentar, porque nós, professores, éramos simples operários cumprindo à cega tarefa criada e ordenada por inteligências superiores. E o diretor, em reuniões, tanto falava em formar homens de mérito para a sociedade, o que repercutiria no futuro de todos com resultados positivos. Quando levei esses ensinamentos ao pé da letra, querendo realmente educar e despertar consciência crítica nos jovens, o diretor foi o primeiro a me reprimir:

— Siga o programa do colégio, e nada mais.

— Mas o senhor não falou, na reunião passada, em ir além da pedagogia conteudística, da educação bancária, das notas, e fazer da aula uma mediação de Deus, ou seja, de solidariedade e consciência comunitária?

Ele deu um breve riso:

— Nós aqui trabalhamos para formar poderosos, os futuros sanguessugas das multidões, inclusive de seus futuros filhos. Siga o programa, e pronto. Isso que você quer é ingenuidade. E ingenuidade só é bonito em Deus e nos dementes.

Com isso, ele estava querendo dizer que eu era inteligente ou demente? Já não entendia nada e entrei em sala de aula para expor um trabalho sobre teologia da libertação. Queria mostrar aos alunos que não há assunto que não seja religioso, desde que haja fé. Religião pretende religar o homem a algo mais elevado, mais apurado, reconduzi-lo ao saber e ao sabor de instâncias superiores, o que, no meu caso, foi puro desastre. Os alunos não queriam; eram fúteis o suficiente para almejarem outras dimensões. Mas era o programa oficial do colégio, que me mandaram cumprir à risca. Já havia argumentado que a era do computador amputou a palavra; que os alunos são cada vez mais audiovisuais; que a leitura era cardápio de museus e alguns ociosos. Já havia tentado outras formas de sensibilizá-los, sem resultado prático algum. Então, nesse dia, véspera de um assassinato em sala de aula, e que eu não vou contar aqui, surgiu-me idéia brilhante: analisar para eles um trecho de Augusto dos Anjos, a cuja força poética ninguém escapa; e em seguida enveredar pela discussão sobre os mistérios do universo, a necessidade de harmonia social e justiça, a responsabilidade dos verdadeiros cristãos nesse projeto, um tema de fascínio intemporal no homem.

Notem como meus objetivos eram transcendentais. Posso ter errado no método, mas aprendi que professor também erra e também aprende. Ao entrar com essa pedagogia em classe, fui recriminado de todas as formas, prostituído em todos os princípios, ridicularizado, repudiado, abortado e execrado e excomungado, o que sempre perdoei por serem adolescentes. Ora, a compreensão é um mal necessário e em mim não era um mal necessário. Eu gostava realmente de dar aula e ser desafiado. E converter os desafios em armas construtivas. E os versos seguintes foram fundamentais para nos ligarem ao elo perdido:

> *Súbito, arrebentando a horrenda calma,*
> *Grito, e se grito é para que meu grito*
> *Seja a revelação deste Infinito*
> *Que eu trago encarcerado na minh'alma!*

O Infinito na alma: a herança dos tempos primevos, a-históricos, na essência da gente. Era tão ingênuo, que achava que eles iam se emocionar com a pesquisa do espírito. Afinal, não eram jovens tão maus. Vitalzinho, filho do senador Vital Claro, era acusado de tráfico de órgãos de crianças; Iemo, filho de Gutemberg Saveiro, já havia batido na cara do diretor; Fetinho, que já havia engravidado três secretárias, o que em si não é mau, montou uma fábrica de sabonete fabricado com material de aborto (placentas e substâncias fetais multiplicadas pela engenharia genética); Clodô, o mais afetuoso, era acusado de estupros na praia, à noite, absolvido por não serem estupros seguidos de morte violenta, mas só de morte branda. Das meninas, muitas eram cúmplices da futilidade, traficavam notas e diplomas e faziam parte da renovação carismática da Igreja. Num clima assim tão estimulante, de figuras notáveis, futuros espelhos para a nação, apenas Maguinha, a única pobre, engravidada por todos os colegas para ser dispensada da mensalidade, apenas ela não tinha preocupações humanísticas. Um terço das indústrias paraibanas, as de material bélico, era do pai de um; um terço dos processos judiciais por prostituição infanto-juvenil no Norte-Nordeste, sem solução há um terço de século na justiça, era do pai de outro; um terço das terras e das águas do Estado era do pai de mais um; e de Maguinha, um terço do útero dela já tinha sido arrancado. Minha conclusão então foi categórica: salvo Maguinha, uma pobre terrena, presa às coisas da vida, sem ânsias de transverberação, sem espírito grave, sem corpo, sem calcinha, sem lanche sequer, todos vão aderir com ardor aos conteúdos etéreos da aula.

Confiante no poder dos versos e, independente disso, na recepção altruística da turma, me empolguei ao ponto de perguntar:

— Sinceramente, quem não se emociona com versos assim? Já leram Augusto dos Anjos?

A primeira a se pronunciar foi Neuzinha, filha do diretor. Com autoridade de uma doutora em teologia e retórica, ela defendeu sua tese:

— Não sei pra quê esse negoço de poesia...

Suas reticências eram pejorativas e eu, mestre na arte da compreensão, reagi com humildade:

— Em primeiro lugar, o nome não é "negoço". E a poesia é

necessária ao menos para encher a sua buceta, que só vive empanzinada da gala de Mefistófeles. Por isso, espelho da inutilidade, dobre sua língua de porca antes de julgar algum poema.

Daí para frente, o caminho para Deus foi inevitável. Neuzinha estava chora-não-chora pelo peso das vaias, e eu tive que ser mais ameno:

— Desculpe, minha filha, mas só pude reagir à sua sabedoria com palavras da Bíblia.

Sem resposta, satirizada por mim e pisoteada pelos amigos do peito, ela disse:

— Eu não sou sua filha!

E eu respondi:

— Nem tampouco eu tenho o esperma da ignorância para produzir você. Você é reflexo da sua classe. Sua podridão irritaria o próprio Augusto dos Anjos. Você só se baseia no superficial, no imediatismo medíocre.

Aí Rodriguinho, namorado dela, acusado de envolvimento no Crime do Intermares, no qual três meninas foram encontradas carbonizadas, peitos arrancados, ânus dilatados e um terço do corpo cortado, disse a ela:

— Vai dizer a teu pai, rapaz!

E eu, incrédulo:

— Rapaz? E ela agora é sapatão? Nem falar vocês sabem, quanto mais enfrentar quem tem ideal.

Eu já havia perdido todos os ideais, soterrados de vez com o Muro de Berlim. Mas aqueles cabeças-de-dólar nem sabiam do Muro de Berlim, cuja queda findou um século e uma era, e assim eles não tinham condições mentais de notar meu fingimento. O que eles tinham era força e força eu também impus a eles até onde pude:

— Se seu pai vier, minha filha, será o porco-mor do curral.

A vaia foi tão dilacerante, e os batidos nas cadeiras, e os gritos, e os murros nas paredes, que tive súbita impressão de rebelião massiva. Mas meu último ideal, já quase beirando a cova, era a preservação da dignidade, pelo menos um terço, incompatível com o preço do salário. Mesmo assim, humilhei-os no limite, ainda que não entendessem meu discurso, muito abstrato e avançado para a idade mental deles:

— Esses gritos são do tamanho da buceta que pariu vocês, depois de trepar com a pomba de um dinossauro. Gritem mais, gritem mais nesse cabaré educativo! Já pensei em enfiar minha rola na boca de vocês, mas ela baixará a cabeça, sem estímulo.

Aí Neuzinha disse:

— Por que não enfia o cu no pau de tudinho aqui?

— Porque sua cara já é o suficiente. Você é a cópia perfeita de um cu. Com uma diferença: a sua merda não sai, porque é inerente à sua alma.

Diante da nova onda de vaias, continuei a leitura do missal:

— A todo momento vocês estão dando descargas de si próprios: com os gritos, com a fala, com o olhar... Mas não adianta. A essência de vocês é que fede e em todos os poros vocês estão bordados de pingos de podridão. Vocês são imensamente insignificantes, embora subordinem o mundo com seus latifúndios e esmaguem o resto com seus carros de luxo.

Rodriguinho tentou ironizar, como se ironia fosse para um qualquer:

— Quem nasce pobre tem que morrer pobre.

O que me tocou não foi a ironia, que não foi ironia, mas o tom pernóstico dado a uma frase feita, gasta, usada e abusada, brega e pobre, o que miserabiliza a língua. Então prossegui:

— Você nasceu pobre e vai morrer pobre. Pobre de senso. E não pensem que vão me comprar fácil. Se me arrumarem uma fazenda no Paraguai, até que eu me calo. Mas não sou daqueles que se calam por um terço de óbolos.

Neuzinha abriu a boca de novo, tentando falar, como se falar fosse para qualquer um:

— Não venha com filosofia, professor.

E Iemo completou:

— Ainda não surgiu aquele que a gente não compre por um terço de banana.

Filho de um dos homens mais ricos do Nordeste, Iemo continuou:

— O colégio vive em função do alunado. Você só tem três meses aqui, nós temos a vida desde a infância. Não sei os outros, mas eu, aqui, demito e admito quem quero. E você só dura aqui enquanto durar esta aula.

Iemo, que estava para casar em breve, foi até elegante. Por isso me demitiu sumariamente, como faria dias depois com outros, entre eles o ex-coordenador, Davi, o canalha do século. Mas eu não era

Davi nem ainda era canalha. Por isso reagi a Iemo com a mesma elegância:

— Você não é o filho do Senhor dos Satélites? Quanto prazer! Pois pegue seus satélites tudinho, inclusive a Nasa, e soque no âmago do butico! E se pensar ou falar alguma coisa já está chupando meu pau recheado de sebo e leite moça!

Ele partiu para me agredir, o que era vontade de todos, e eu tirei de dentro da bolsa um revólver, envolvido num terço e guardado ao lado de uma gravura do Menino Jesus. Afinal, guerra é guerra. E ele recuou, com espuma de cachorro grudada na boca.

Neuzinha retomou o diálogo:

— Agora não é mais filosofia, professor, é violência?

— Mal saímos das cavernas. Ou mal entramos. Mas eu jamais filosofaria com descendentes de bactérias. Você ainda não é racional para filosofar. O esgoto do seu cérebro jamais vomitaria uma sílaba que preste. Vocês são os mesmos ignóbeis do ventre materno. Os mesmos, horizontalmente os mesmos!

Observei Neuzinha embatucada com a palavra "ignóbeis". E explicitei:

— Sim, ignóbeis! Subvermes do dólar, lombrigas de terceira classe, não sabem o que é um ser ignóbil? Não sabe, Neuzinha linda? Mas não precisa saber. Basta olhar no seu registro.

Vitalzinho, cujo pai tinha aliança com o criminoso Mr. Methal, o que eu só conto depois, bateu forte na cadeira:

— Ninguém faz nada não, porra???

Era uma evocação à turma para me estraçalharem. Mas eu queria saber até onde ia a coragem deles e a minha. E continuei:

— Porra uma porra, Vitalzinho! Seu pai é corrupto e sua mãe já deu o cu em São Paulo, a Mr. Methal! Pensa que eu não sei dos detalhes? Conheço uma mulher que foi secretária de seu pai e viu tudo na Rua da Consolação, número 222, um terço da Besta! Agora diga que é mentira!

Até então, só Tonel de Bosta estava calado, dorminhoco, tendo acordado com o murro de Vitalzinho na cadeira. E eu continuei a acariciá-los:

— Vocês nasceram de caralhos vazios que vomitaram lepras humanas! E agora querem espalhar sua infecção intestinal nos outros!

Vão todos pra puta que os abortou! Vocês são abortos, aberrações da natureza!

Com o revólver erguido, me deu vontade de abreviar aqueles microcéfalos túmidos, de cérebros blenorrágicos, para sanear um pouco a humanidade. E resgatar do homem o humano, perdido há milênios e desaparecido naqueles filhos de rapariga que ainda guardavam uma certa feição primata. Que acrescentaria pouco à história, não tenho dúvida. Mas só tenho responsabilidade em meus arredores. E meus arredores estavam empestados de saprófagos que não viam a hora de me transformarem em húmus. Se eu bobeasse, eles me carniçariam e me capitalizariam em sacos de estrumo. Não vinham fazendo outra coisa ao longo dos séculos.

Aí Maguinha, recém-recuperada da última gravidez, e que seria, em breve, reengravidada por todos, pareceu estranhar:

— Está muito agressivo, professor, que foi?

E eu respondi:

— Estou contaminado com a fraternidade daqui. Toda vez que preparo uma aula, dá nisso. Não compreendo por que tudo se inverte. Mas os desígnios de Deus são insondáveis. Deus é tão incognoscível, que permite que vocês, miniaturas do Mal, tenham vida eterna. Mas o que encostar o dedo em mim eu mato.

Neuzinha mostrou-se ferida:

— O que é que você tem contra Deus, Nosso Pai?

— Se vocês são filhos de Deus, Deus é o câncer do Universo.

— Eita! Brinque com todo mundo, menos com Deus.

— O que é que Deus tem maior do que eu? A pomba universal? Ou a buceta celeste?

Mais gritos de celebração, raiva e protesto não impediram Neuzinha de confessar-se católica apostólica romana praticante:

— Pois todo sábado eu vou à missa, recebo hóstia, rezo terço e não admito discussão sobre Deus.

— Mas é claro: você não sabe discutir. Agora, enquanto você defeca falsas orações para Deus, o Diabo está preparando o pau dele, maior do que o Inferno, e que é bem fininho e gelado, para enfiar todinho no seu cu.

Dessa vez chorando, a pobrezinha saiu da sala para chamar o pai. E eu continuei com o revólver na mão:

— Nem abra a porta, que o pau do Diabo já vem aí à sua procura.

Ele só gosta de cu rico. Como eu, não perde a dignidade por pouco.
Não chegou ainda porque se engalhou nos chifres do seu pai.
Em poucos minutos chegou o diretor. A sala, reduzida a silêncio absoluto, ouvia até o tilintar de seu terço, em redor do pescoço, formado de pequenas moedas antigas, simbolizando a humildade e o apego franciscano às coisas simples. Era um homem profundamente íntegro, litúrgico e teológico, diante do qual as coisas mais profanas concorriam para se ressacralizar. De estrutura emocional sólida, ignorou, com sapiência e superioridade, minha mão carregada de revólver. Com a filha chorando ao lado, perguntou-me em voz baixa, com uma autoridade natural que não precisava ser demonstrada:

— Que houve, professor?

E eu, baixando o revólver, ajoelhando-me e beijando-lhe a mão mestra, respondi:

— Nada, Senhor. Estávamos num debate sobre Deus.

MR. METHAL

(baseado em dados do livro *Misérias preliminares*)

"A loucura dos grandes nos aprisiona em descárcere."
Mr. Methal

A Rebecca

1. Primeiro ato

Muita gente soube, pela primeira vez, que o mendigo Mr. Methal morava numa mansão. Não uma mansão qualquer, dos milionários vulgares e quaisquer de São Paulo, mas aquele misterioso paraíso, à primeira vista um cemitério de deuses, na Rua da Consolação, 222. A geografia do Segundo Éden era em si um milagre e um delírio: arrebatava cinco quarteirões da rua, detinha-se a cada transversal, continuava com suas muralhas babilônicas na outra calçada da rua, com corredores subterrâneos ligando as extensões. Em termos de profundidade, em direção ao quintal, abarcava extensão semelhante, talvez mais alongada. Não por megalomania do dono da casa, mas para garantir espaço suficiente para seus helicópteros. O trânsito de São Paulo era humilhado lá dentro: um único eco não repercutia lá. A travessia de ruas por baixo era um dos sintomas da grandeza desse homem do qual não se tinha uma queixa. Era filantrópico em cada gesto, a cada vez que se dirigia a um subordinado ou a qualquer pessoa. Tinha lá suas exigências, seus gostos elevados, seus projetos incomuns, como convém a todo grande homem. Mas era incapaz de converter seu poder em tirania e daí tanta gente lá fora, massacrada pelo calor e pelos engarrafamentos, querendo dar seu último adeus a Mr. Methal. Mendigos da Sé, velhos companheiros de praça, veteranos de bancos, pobres em geral, jornalistas, familiares, banqueiros, políticos, altas e baixas estirpes concentravam-se nos jardins salomônicos do morto, para a despedida. Seus cinco seguranças — homens fortíssimos, supertreinados, dedicados a vida inteira ao afetuoso patrão — abriram finalmente o acesso à primeira sala nobre da casa, onde o caixão estava sendo velado, desde a noite passada, pelos mais íntimos. Os jornais mais caros e concorridos da metrópole estampavam o educadíssimo empresário em suas campanhas pelo progresso do Brasil e dos povos, sobretudo nos anos 70.

O velório de Mr. Methal transfundia-se num quadro da mais elevada beleza estética. A Rua da Consolação estava em parte interditada. Policiais estavam sendo deslocados para lá, para a frente da mansão, unicamente para pôr ordem nos carros de luxo que chegavam e nas legiões de miseráveis que não acreditavam na surpresa última de seu amigo. Imensos arranjos de flores eram despejados à beira do caixão. O piso do salão gigantesco não continha uma minúscula mancha. As paredes eram forradas de poemas e anagramas dele, lavrados em mármore e folheados a ouro. Lustres os mais diversos irradiavam uma luzinha lilás sobre o espaço do caixão, protegido por um cordão de isolamento para evitar que as pessoas comuns, em comoção, abraçassem e beijassem o santo morto. Um cheiro maravilhoso de perfume humilhava o ar natural e inibia a entrada de qualquer inseto. Passávamos à beira do cordão, sem discriminação, até porque Mr. Methal jamais permitiria discriminação a um palmo dele. Formaram-se filas volumosas para o encontro final, todos inconformados com a partida de um ser tão belo para uma região obscura de onde jamais um único homem voltou.

Apesar da onipresença de fulgor e beleza nas minúcias da casa, do teto quilométrico aos menores mosaicos, alguns quase microscópicos, as paredes com cenas de teatro, esculpidas ora em alto relevo, ora em tecidos sofisticados, eram os detalhes, se é que podemos falar de detalhes, mais indiscutivelmente célebres. Um dos quadros, de feição trágica, era todo bordado de veludo, com molduras de madeira nobre e cobertura de vidro do Renascimento, para ser fiel à época da cena representada, e uma lâmina de acrílico azul, quase imperceptível, da mais requintada indústria moderna de material sintético. A combinação do antigo com o contemporâneo subjugava os olhares mais leigos, desinteressados ou de exigência crítica mordaz. O realce do material, portanto, era um espetáculo à parte, independentemente dos conteúdos humanos gravados no corpo do quadro. Cacos de diamantes pontilhavam a moldura, com o rodízio sublime de cores, destacando-se o lilás e a gasolina. No interior do quadro, talhado a mão por especialistas dinamarqueses, uma cena num castelo, bipartida em momentos contraditórios. No primeiro, um rei, com toda sua sobriedade, assistia com distanciamento a uma representação teatral. Era um pequeno ato fictício, sem qualquer ligação com o real, daí um certo desprezo no olhar do rei, de cujo trono não via como aproveitar para a vida o que era representado. A rainha e os mais íntimos da majestade também não viam nada de prático nos atores, antes uns vagabundos, perdidos em fantasias da pior qualidade, exemplos maus para o povo, apesar de não serem perigosos para ninguém. Em sua superioridade moral e política, dono de uma integridade inquestionável, o rei jamais seria atingido em sua legitimidade, herdada de Deus, por artistas tão simplórios. Mas o príncipe parecia gostar da cena e confiar mais no fingimento dos atores do que na verdade do rei. E sublinhava, com empolgação e envolvimento, o desenrolar da história, apontando para o palco, como se fizesse comentários. No segundo momento, um rei dormia nos jardins do castelo, enquanto um invejoso e cobiçador preparava-se para despejar veneno no ouvido dele. O rei verdadeiro, então, afeta-se com a cena de covardia e brutalidade que se passa a seus olhos, identifica-se com o assassino invejoso, como se este almejasse ilicitamente o trono, e manda suspender a ação dos atores. Está sentado no trono, dessa vez, não com sua placidez de intangível superior, mas com horror e indignação no rosto. Aponta para os atores, embaixo, repudiando-os, e para os canos de velas, exigindo o imediato acender das luzes.

Não que eu fosse preconceituosa, mas senti que a presença dos pobres, muitos deles fedendo, trazia um prejuízo grotesco à estética do velório. Mas naturalmente foram se afastando e ficando os mais refinados, com apenas cinco seguranças coordenando tudo. Uma cantora de ópera posicionou-se a uns centímetros do rosto de Mr. Methal e logo sublimou nossos ouvidos com a voz mais linda e trabalhada que já ouvi. Cantava as preferências dele, como *Inverno*, de Vivaldi; o quarto movimento da Nona de Beethoven; composições de Wagner e Litz; e deixou para o fim as mais graciosas: as bachianas de Villa-Lobos. Mr. Methal, agora ao encontro com a paz eterna, cansou de declarar em entrevistas que o Brasil não tinha tradição, a não ser tradição de esquecimento. Não tolerava o povo brasileiro por sua mania de gostos inferiores, sendo raríssimo um brasileiro comum já ter ouvido falar das bachianas. Também não compactuava com a mediocridade de seu povo, o americano, pelo excesso de cultura descartável, imediatismo e idolatria glaucômica dos Beatles e de John Wayne. Um dos sonhos do milionário, agora empobrecido, reduzido à mortalha, gazes e esparadrapos no caixão, era voltar à velha hegemonia européia em tudo, começando por recuperar suas raízes dinamarquesas. Um dia, por incrível que pareça, vi Mr. Methal demitir sumariamente um gerente seu, por entender tudo de sua especialização técnica e não saber recitar um trecho de Shakespeare. Isso levou todo mundo, inclusive eu, a demonstrar um verniz erudito em suas palavras e gestos, com o intuito único de agradar à excentricidade de um homem tão rico, mas tão rico, que não tinha consciência exata de suas posses, armas e crianças.

Mas a efervescência cultural de Mr. Methal não foi a questão central daquela manhã. Notei que ninguém chorava, nem mesmo as carpideiras, contratadas pelo morto, por antecipação, para darem gargalhadas durante seu velório. Assim, mal a cantora encerrou sua voz celestial, o ambiente modificou-se completamente com as gargalhadas espalhafatosas das velhas. Alguns amigos de Mr. Methal, e parentes próximos, e virtuais herdeiros de sua riqueza e sua arte, quiseram interromper a cena ridícula. O impacto atingiu a todos, que passaram subitamente do transcendental para o cômico mais vulgar. Apenas o advogado de Mr. Methal, o Senador Vital Claro, que suicidou-se em João Pessoa em agosto de 96, parecia não afetar-se com a mudança brusca e drástica da situação. Quem tentasse reagir às gengivas das velhas faveladas, ou fazer comentários, ou demonstrar recusa, era logo calado pelo Senador, que mostrava a todos o testamento e os últimos desejos de seu cliente. Aliás, depois da derrubada do Muro de Berlim, em novembro de 89, Mr. Methal passou a ser o único cliente de Vital Claro, que enricou rapidamente com isso. Por isso Vital Claro, mesmo com seu conhecido pedantismo, não se opôs ao coral das velhas recolhidas em favelões de São Paulo, sujas, roupas rasgadas, com mau hálito e péssimo odor nas axilas. Eram evocativas de insetos podres, afastando do velório os mais nobres. No fim, só ficaram mesmo os mais simples, os funcionários inferiores, e é exatamente disso que quero falar.

Retomando o fio, para não cair no esquecimento e ferir o dono da casa: riqueza, estética fabulosa, dilúvios de flores, ópera, velhas desdentadas e repugnantes. Mr. Methal queria chocar até na hora da morte. Queria insultar, provocar, causar terror e dúvidas, para que as pessoas, escravizadas pelo senso comum, jamais compreendessem suas vulcânicas rupturas. Só ficamos nós, os simplórios, o que foi vantajoso demais. Com a saída dos próximos de Mr. Methal, tínhamos liberdade para expressar nossos alívios. Estávamos livres de um tirano; enterrávamos para sempre um humilhador voraz; mandávamos para o Inferno um explorador inexorável de nossos nervos e miolos; e, acima de tudo, garantíamos nosso emprego na indústria clandestina de contrabando de órgãos. Com a esticada daquele palhaço no féretro, do qual não se levantaria nunca mais, passávamos a ser mais completos, sem vigilância diária e ameaças. Mr. Methal era procurado pela CIA, mesmo tendo sido um de seus fundadores; era um dos papas da máfia bélica, com redes de produção na América Latina, sobretudo em São Paulo e Santiago do Chile; amigo íntimo de Pinochet, foi um dos financiadores das chacinas do Estádio Nacional, em 73, tendo até ordenado torturas maciças ao som de Beethoven, Wagner e outros prediletos; orientou pessoalmente militares brasileiros, sobretudo em Juiz de Fora, não sendo difícil entender por que enricara tanto e por que a ditadura brasileira durara mais que suas irmãs gêmeas. Enfim, para encurtar o currículo de Mr. Methal, seu diário dos anos 70, *Misérias preliminares,* publicado tempos depois, se abria com alusões festivas às forças armadas do Terceiro Mundo, que passaram, com ele, da adolescência à maturidade. Só guardava três mágoas da vida: o horror inconciliável ao senso comum, Fidel Castro e Ho-Chi-Mim. Destes últimos guardava um ódio incomensurável, incabível em nossas mentes, pela resistência que impuseram a seus exércitos particulares. Os outros líderes, prostitutas fardadas, Mr. Methal respeitava profundamente, por terem garantido seu reino. Havia despertado perseguição da CIA por se aliar a contrabando de drogas, destacando-se no episódio de Michigan, onde doze adolescentes se suicidaram pelo efeito de uma estranha droga inventada por ele. Costumava dizer aos mais próximos, inclusive a Vital Claro, que era uma droga doméstica, fabricada fora dos padrões industriais, e que os doze mortos de Michigan eram mártires lutando pela volta dos Estados Unidos à cultura artesanal. E sorria com elegância, e gritava, e berrava, e escarrava no rosto e na alma de quem não fizesse o mesmo. Um dia, em pleno funcionamento da fábrica, em Itaquera, Mr. Methal convidou publicamente uma operária, a mais negra, feia e pobre, desdentada e maltratada, para chupar-lhe o pênis, fazer coito desinterrompido, interrompendo a produção maciça de armas naquele momento, para todo mundo ver o espetáculo. A negra não resistiu, tirou a chapa, e pareceu elevar-se brutalmente aos céus, no exercício de sua sensualidade. E Mr. Methal mostrou a todo mundo o exemplo de uma operária-padrão, a negra Ofélia, a quem acabava de fazer um exercício de caridade.

Que Ofélia foi afogada pelo marido, que depois procurou o milionário miserável para matar, e acabou em pedaços, não vou contar aqui. Aqui só importa o episódio do velório: a libertação dos funcionários.

2. Segundo ato

Fui secretária do Senador Vital Claro até o seu inexplicável suicídio, em agosto de 96. Formada em Letras, em João Pessoa, fui recrutada, como inúmeras, para a indústria bélica do Senador, dirigida pelo filho dele, ainda jovem e estudante. As reuniões eram as coisas mais terríveis do mundo. Programas de armamento de países pobres, para lutar contra países pobres, pareciam inacreditáveis. Programas de adoção e aniquilamento de crianças pobres, para retirar os órgãos e vender a ricaços americanos, eram, à primeira vista, ficção pura. Em uma dessas reuniões, em São Paulo, Mr. Methal ordenou que eu abrisse a ata com duas epígrafes:

> *"Há mais coisas no céu e na terra do que pode sonhar nossa vã filosofia".*

> *"A coisa mais incompreensível é que o mundo seja compreensível".*

Em seguida, os planos de subornar freiras e diretores de orfanatos, médicos, donos de hospital, delegados, juízes, alfandegários, fiscais federais, altos funcionários, ministros, governos, ditaduras, para nada atrapalhar o tráfico de crianças. Centenas delas já saíam daqui anestesiadas, com tripas retiradas, sacos de cocaína por dentro, com costuras impecáveis e aparência de vivacidade. Os ricões americanos, imbecis em geral, pagavam fortunas incalculáveis por um fígado, uma medula, partes de um coração. E não era difícil explicar tudo isso, sendo tão difícil, ao mesmo tempo, explicar tudo isso. As burocracias do mundo, incluindo aeroportos, com sistemas avançadíssimos de detecção, tudo computadorizado, ora, tudo parecia pré-histórico ante a astúcia olímpica de Mr. Methal. Ou todos cegavam diante dele ou eram comprados por gratificações atrativas, inclusive funcionários da CIA, como disse um dia a Vital Claro. Por isso, para Mr. Methal, o mundo era tão compreensível quanto incompreensível, e dava razão dupla a Einstein. Por isso, também, nossa filosofia é tão pobre quando apelamos para a lógica, porque entre o céu e a terra o que reina, eternamente, é o Absurdo. Daí amar tanto a Hamlet, seu ancestral mais original e presente em suas veias. O povo jamais acreditaria em Mr. Methal e daí seu horror deliberado ao senso comum: por causa do apego popular a esperanças e a um vago bem, Mr. Methal tinha medo de não ser eternizado. Como jamais acreditariam em suas investidas, como depauperar continentes e militarizar sociedades inteiras, ele ia acabar caindo no esquecimento, seu maior inimigo. Cansou de gritar nas ruas que tinha explodido crianças no Vietnam, decapitado freiras em El Salvador, estourado mães em Buenos Aires, fuzilado camponeses às centenas na Guatemala, decepado membros em Valparaíso. Mas as multidões riam no centro de São Paulo, pois viam aquela figura excêntrica quase todos os dias, desmiolado, pedindo esmolas e chamando atenção por uma certa sabedoria. Mr. Methal jamais convenceu quem não fosse do círculo dele, mesmo mostrando na Praça da Sé, como vi, os documentos dos acordos dele com governos tirânicos do mundo inteiro, não sendo o Brasil exceção. Ora, ele chegou a mostrar a assinatura de políticos poderosos de São Paulo e Minas, e o máximo que faziam era rir. Vestido sempre de mendigo, com faixas ensangüentadas na cabeça, Mr. Methal, pelos centros de São Paulo, tornou-se uma figura divertida, meiga e amável. Com suas confissões violentíssimas e trágicas, que eram absolutamente verdadeiras, despertava nas pessoas compaixão, pela loucura tão visível. Um dia um policial tentou prendê-lo, mas o Senador interveio:

— Isso é um pobre-diabo, capitão. Não sabe o que faz nem o que diz.

— Mas ele está dizendo que cometeu crimes e mostrando as provas!

— Ora, capitão, e o senhor acredita? Vai ver que é mais um comunista sem rumo, desde o que aconteceu em Berlim. Prendê-lo só vai trazer despesas para o Estado. E qualquer rábula de porta de cadeia solta esse inocente.

O povo foi se aproximando, demonstrando simpatia pelo herói solitário, e o policial sentiu essa pressão. Ia se passar por ridículo se prendesse um inofensivo, que só falava fantasias, quando tantos bandidos perigosos rondavam por aí. Ora, exatamente nessa hora, como se tudo fosse combinado, e como se o que eu conto a vocês fosse um artifício de escritor, um moleque de rua assaltou uma padaria. E o capitão, recuperando a autoridade, largou o inocente Mr. Methal e foi cumprir sua função social.

3. Terceiro ato

Mas voltemos ao velório, com os comentários sobre o esticado. Muitos ex-humilhados, inclusive eu mesma, tinham vontade de mijar na cara daquele sacana, assassino, malfeitor, terrorista, destruidor da humanidade. Ouvi alguns cochichos desejando-lhe o Inferno; outros agradeciam a Deus pelos dias vindouros: o ambiente das fábricas, tanto de armas quanto de extração de órgãos, ia ficar muito mais humano.

Foi aí que Mr. Methal se levantou do caixão e gargalhou. O horror então foi geral:

— Meu Deus, ele está vivo!

E ele, sentado no ataúde, replicou:

— Deus? E vocês ainda crêem nessa insignificância? Depois do que os americanos fizeram no Vietnam, é blasfêmia crer em Deus. Eu estive lá. E vi Deus morrer em muitos episódios. Mas não só no Vietnam, que foi a morte mais explícita de Deus. Ele continua a morrer diariamente, em muitos lugares. Inclusive aqui, no Hospital dos Dementes. Vocês sabem o que é uma noite de dor no Hospital dos Dementes?

Até o Senador mostrava-se apavorado, mesmo conhecendo os métodos fantásticos e as ilogicidades de seu cliente. Já fora do caixão, aproveitando a vulnerabilidade de todos os presentes, incrédulos com o que viam e respiravam, Mr. Methal começou a apelar para a desconexão absoluta de sentidos. Misturava as coisas mais heterogêneas em seu discurso, resultando em algo além, muito além da compreensão dos simples:

— Quando Deus pariu Cristo, no Hospital dos Dementes de São Paulo, faltaram verbas mínimas para cicatrizar-lhe a vagina impúbere. Multidões assoladas esperavam lá fora o mesmo suplício. E os czares não aceitaram reivindicações miúdas. E invadiram corpos alheios com repressão. E o prenúncio do que seria o século vinte estava nas bordas das trombetas do Inferno. Mas nada há de apocalíptico nestes deploráveis vocábulos. Mendigos de pé de rua amontoam-se à nossa vista santa, como se nada tivéssemos com a situação deles. Mas temos. E queremos mais. E gostamos. E somos conservadores. E a descriminalização das consciências fazemos todas as noites. Às vezes nem fazemos. Nunca, de fato, fazemos. E duas guerras mundiais assolaram meu ventre, estourando quase tudo. Das migalhas formaram-se catedrais de resistência, se é que formaram mesmo. E este parágrafo ridículo não tem valor artístico algum. Nem serve para ludibriar os leitores fingindo-se de poética exótica ou inorgânica, elementos díspares combinados, porque socialmente nada se combina. E tudo se desarmoniza. E uma certa ordem de pensamento não consigo dar às coisas. Reflexões, ao menos instantâneas, não são possíveis. E o sistema bloqueia tudo, as aspirações mais juvenis, os sonhos mais ingênuos. Há sonhos que mal quebram a casca do ovo e são esmagados, não emitindo um gemido. E só a violência carnívora socializa o ser. Ah! Que infantilidade achar que o século da técnica emancipou o homem das cavernas! Homem e caverna são ontologicamente inseparáveis! O instinto de posse jamais será destruído pela mais racional das razões. Democracia, cidadania, progresso, consenso, quantos mitos eram abortados ao meu lado, no Hospital, mal eram ejaculados pelas glandes do Ocidente! Não sou pessimista nem um niilista vulgar. Falo apenas do que vi e vivi. E experimentei. E temperei minha carne com a crueldade dos dias. Não vêem o que estão fazendo com os últimos redutos humanísticos? O neoliberalismo casa-se divinamente com penúria social. E nada há de aberratório nesse encontro de águas. É graças aos exércitos de excluídos que poucos inclusos incluem-se. Mas eu já não tinha, ali na cama do Hospital, a mesma capacidade da juventude de gritar e de ordenar as coisas. Vinha-me sempre uma imagem fixa de metralhadoras estuprando o

Continente, da Terra do Fogo a Iucatã. E Deus pariu Cristo assim, à força, violado por metralhadoras da CIA. E os patrícios americanos têm acordo secreto com o crime organizado. E num julgamento sumário determinavam minha morte, antecedida de torturas em porões de Pinochet. E Pinochet, segundo as imagens embaçadas que me vinham, continuaria vivo, ileso, impune, depois de me aniquilar umas vinte mil vezes. Por isso o esbagaçamento da minha mente era coisa tão rotineira. E eu preferia sorrir, suspirando os últimos segundos em meu leito. Mas não podia nem sonhar em erguer-me do leito. Populações inteiras lutavam por ele, queriam abrigo nele, brigavam por meu colchão velho e cheio de baratas. E eu tinha um desejo inadiável de arrancar aquelas pelancas de esparadrapo, aqueles canudos de soro, aquela coisa toda que me mumificava. Tudo a meu redor era a materialização da morte! E eu procurava repensar minha origem, minhas causas, minha identidade, quando voltava a meu cérebro miserabilizado a imagem da metralhadora. E Deus, a meu lado, parindo o Filho às custas de repressão. Não havia em seu rosto, tão singular, inimitável, uma expressão de onisciência ou placidez. Um horror universal estava delineado em suas rugas, em suas olheiras, em sua boca sem dentes, em sua testa arranhada, tão prostituído fora pelos homens na farsa dos milênios. E quantos ficaram em buracos, em ratoeiras, em becos, em trincheiras, em guerras no extremo sol e no extremo gelo, em ideais de engodo! Muitos ficaram! E o mínimo dos mínimos não foi atingido pela desgraça das sociedades, que transformaram em micróbio o próprio Ser Maior. E Ele ali, ao meu lado, sem poder gemer, me olhando com insegurança, como se tivesse vergonha de me pedir ajuda. Como eu tinha ido parar até ali, ao lado do Criador, não me perguntem. Era até heresia eu continuar especulando sobre privilégio tão sublime. Minhas idéias eram mais rápidas que a ordenação mental e de repente alguns vigilantes do Hospital invadiam o quarto dos moribundos e metralhavam o resto de Deus ao meu lado. Seus ossos eram esfarelados de balas modernas, seu corpo transformado em pasta de espírito e lama. Pedaços dEle salpicavam-se em meus lábios, e eu sentia-lhe o gosto de uma vagina recém-supliciada pela ditadura. Isso aconteceu nos idos de 71. Fui crucificado, morto e sepultado. E não apareceu uma só Mãe de Maio para reivindicar meu cadáver. E então, para não deixar nem destroços de Deus, os algozes, que eu mesmo estava financiando, varreram tudo, todos os recantos, com uma vassoura gigantesca feita com o púbis de Nossa Senhora. Lá fora, entre a Doutor Arnaldo e a Consolação, abarcando a Paulista e a Rebouças, caía uma chuva torrencial de ratoeiras. Eles procuravam ratos comunistas até em esconderijos do céu. E acharam um deles no meu quarto, ou seja, na minha cova hospitalar, escondido atrás de uma cortina. Eles cortaram a golpes de facas o comunista, um jovem estudante, Polônio, que estava ali passando a chuva.

Em seguida, passando revista em todos nós, gritou:

— Quero arte e metal! O mundo não pode viver sem arte nem metal. Também não pode viver sem os submissos e os otários. Eis o seu grande bem e o seu grande mal.

E tirou de dentro da mortalha uma carta para todos, inclusive para Vital Claro. Era rigorosamente a mesma carta: a carta de demissão, por estarmos vibrando com a morte dele.

4. Quarto ato

(Um parêntese para eu tentar explicar a maldade ontológica e antológica de Mr. Methal.)

Infância muito pobre, atribulada, traumas irreversíveis. Não tivera infância, como dizia para o Senador. No máximo, uma desinfância, antiinfância, na contramão dos sonhos e das fantasias de toda criança. Nunca tivera um único brinquedo. Vivera em favelas, habitado e cortado por riscos de morte. Corpo-a-corpo e alma-a-alma com o crime, a fome, o abuso dos outros e toda sorte de choques. Quando conseguira lugar num grupo escolar de periferia, tivera que interromper os estudos para tomar conta de casa. Seu pai fora assassinado em casa pelo irmão, Cláudius, um bandido procurado em todo canto. Para piorar as derrotas, sua mãe se casara com o bandido, o que na época era considerado incesto, ferindo profundamente a moral da favela. Ora, apesar da pobreza, o jovem Methal guardava os padrões de comportamento dos ricos da Dinamarca, o que era tido como edificante.

Sem pai e sem mãe, ficara apenas com um amigo, Horátius der Silentius, a quem segredava tudo. A única namorada que sonhara ter, Ofélia das Águas, suicidara-se, estranhamente, cantando. Aos poucos, fora-se gravando e agravando em sua mente, sem solução, a idéia fixa de que o mundo é todo arquitetado de absurdos. Em algumas reflexões que fizera, sobretudo na fase de depressão em que fora atentado pelo suicídio, tirara cinco conclusões para a vida inteira:

a) todo pensamento é vão ante as coisas: a única lógica do mundo é o absurdo

b) o homem é uma obra-de-arte, mas é também a quintessência do pó

c) o mais claro é o mais obscuro e o mais obscuro é o mais claro

d) o espectro da morte é um terror permanente e um bálsamo

e) qualquer rei pode ir parar nos intestinos de um mendigo

Essa nulidade universal reforçara-se nele em todos os contextos. Com as expansões de Hitler, mudara-se, como muitos, para os Estados Unidos. Lá, o absurdo dos absurdos estava definitivamente comprovado: a maior nação do planeta assolada por uma crise de superprodução! Naqueles anos de fome e desemprego em Nova York, ligara-se a uns grupos mafiosos, até revelar-se um assassino astucioso e ser convidado para fazer parte da espionagem americana na Grande Guerra. As últimas notícias de casa é que sua mãe morrera envenenada para não ir definhar em campos de concentração; e seu tio fora assassinado a golpes de espada por alguém da família. Procurando esquecer o passado, dedicara-se à prosperidade nos Estados Unidos, sobretudo no pós-guerra, destacando-se na fundação da CIA e no desenvolvimento de métodos da guerra fria permanente contra o comunismo.

Para termos idéia de sua carreira, dizia não ter por que fazer bens a uma humanidade que em dez milhões de anos continuaria a mesma. Os males não acrescentavam nada, mas poderiam acelerar a catástrofe final, que o resto do Universo celebraria. Sua opção pelo terrorismo sofisticado crescia na mesma proporção de sua consciência negativa da espécie humana. Como achava, ao mesmo tempo, que o povo é o mais frágil e manipulável dos protozoários, decidira agir sempre por contradições, incoerências, incongruências, ridicularidades, para que não houvesse a menor lógica em seus atos. Daí sua máxima: "Ser e não ser, eis a resposta!"

Demitindo-se da CIA para fundar Inteligência própria, passara a ser perseguido pelo governo americano, sobretudo em questões fiscais. Refugiara-se um tempo no Paraguai, mantendo laços com o doutor Joseph Mengele, que tanto ajudara a procurar a partir de 45. Confessava ter aprendido com Mengele verdades científicas inabaláveis, como a idéia de que o Brasil era o maior celeiro de malfeitores do mundo. Com o golpe de 64, já milionário, encontrara paz definitiva em São Paulo, na Rua da Consolação, enquanto seu amigo fora para uma residência simples em Embu. Ambos foram protagonistas do sistema repressivo que se seguiu ao AI-5, em 68. Ambos eram hiperprotegidos pelos militares, que aprenderam com eles a usar os dois lados do cérebro.

Mas, enquanto Mengele permanecia obscuro, Mr. Methal fundara em sua mansão uma espécie de Reino da Dinamarca. Tinha mais de cem mil livros, grande parte apreendida pela censura. De teatro, sua arte mais excitante, tinha todos os títulos universais, desde os gregos. Chegara a cobrar do governo brasileiro, pelas aulas de tortura e antiguerrilha, salários inimagináveis convertidos em livros. No auge do milagre brasileiro, começara a ficar famoso pelos seus salários-cultura, bicos em relação aos lucros da indústria bélica e dos volumosos depósitos na Suíça. Uma tarde, na Praça da Sé, todo rasgado e sujo de água e colorau, com uma metralhadora de plástico na mão, começara a gritar para a população que ajudara a planejar a morte de Kennedy, Fidel Castro e Ho-Chi-Mim. Mas que apenas o primeiro fora para o Inferno, endireitar a cabeça, daí seu remorso e sua mutilação pública. Que fazia toda aquela encenação por catarse, expurgo de males, para que Deus um dia não o perdoasse. Que saía às ruas porque Deus em sua casa não chegava, tal a extensão dela. Que, que, que. E os resultados eram risos, compaixão, esmolas, superioridade dos espectadores.

E agora, erguido do caixão, um defunto nos demitia a todos, com um recadinho tirado de dentro da mortalha. Era uma humilhação irrecorrível, pois não havia meios legais para processar um cadáver. Nós é que ficamos moralmente cadavéricos, e isso não é nenhuma frase de efeito. Naqueles anos de incertezas no Brasil, até Vital Claro sentiu a demissão: a humilhação já estava na imprensa! Mr. Methal mostrou-nos um grande jornal de São Paulo com nossas fotos e a justificativa de incompetência, não de crise, para a demissão massiva.

5. Quinto ato

Retiraram o caixão do salão aristocrático e abriram uma imensa mesa. Em poucos minutos, seus empregados domésticos distribuíram sobre ela centenas de pratos variados. Talheres nobres, orientais, antigos, porcelanas, metais finos, guardanapos perfumados, pratos arrodeados de flores e galhos de hortelã, palitos de mogno, conchas de marfim, almofadas faturadas por mãos de camponesas do velho Japão, antes de MacArthur, uísques escoceses do século dezenove, vinhos franceses do tempo da primavera dos povos, luvas da *Belle Époque,* tudo de uma exuberância incomparável e com a marca das classes dominantes de todas as eras. Todos foram convidados a sentar e a comer muito, pois poderia ser nosso último manjar com Mr. Methal. Comecei a ter medo das próximas intenções dele, medo que vi espalhado em todos os olhares. A velha inatingibilidade de Vital Claro arruinou-se em minutos. Alguns tremiam, ainda mais quando entraram homens armados no salão. Que íamos ser assassinados em pleno banquete, e depois ficar nos crimes insolúveis da humanidade, eu não tinha a menor dúvida. Mas todos nós, ao longo dos anos, havíamos nos acostumado à submissão e à obediência cega: nem a mais instintiva das reações subsistia.

— Acalmem-se, acalmem-se. Estes homens de metralhadoras não fazem mal a ninguém. São simples atores de teatro, ou seja, atores de teatro simples. Andam armados com metralhadoras de plástico porque o mundo inteiro quer chacinar as artes e eles têm que se defender a cada esquina. Mas... vão fazer apenas uma encenação. E quem é a arte, um mal simbólico, para atingir a nós, que temos a consciência tranqüila? Vieram aqui, a meu pedido, para este pequeno ato. São atores pobres de Embu e Santo Amaro e merecem nossos aplausos.

Ele bateu palmas, gritou vivas e obedecemos, no mesmo ritual. Logo recolocaram o caixão no salão, com um homem de uns setenta ou oitenta anos dentro dele. Ao redor, parentes e amigos em silêncio triste, uma cantora de ópera e depois três carpideiras imundas e banguelas. Os mais nobres se afastaram do palco e apenas os funcionários simples do morto ficavam lá, por puro cumprimento de subserviência. As velhas não paravam de dar gargalhadas, enquanto o advogado do defunto e os demais cumpriam hora. Estavam satisfeitos por um dia de feriado na fábrica, mas enraivecidos por não estarem em casa, e sim no velório de um explorador. No momento em que o advogado monologava, prevendo o aumento de sua fortuna com a morte do seu único cliente, Mr. Methal, na mesa, ao nosso lado, começou a chorar, impressionando a todos, tão identificado que estava com o personagem morto. Mas os atores não se abalavam com a fragilidade do espectador; e o narrador e o advogado continuavam suas falas:

>*NARRADOR - Esta peça é uma ratoeira para os maléficos. Mas os homens de bem, que são vocês, não se afetarão em nada. Observem como o defunto já sucumbiu na eternidade e, por mais que tenha feito misérias e arrastado seus subordinados, nada disso tem mais valor. A consciência faz de todos nós covardes, quando poderíamos optar pelo suicídio diante de um mundo cujos usos estão cada vez mais abjetos e inúteis. (**Aproxima-se da mesa.**) Mas o mal já dorme e todos aqui são espíritos límpidos, em cuja consciência bóiam pedaços de crianças e parafusos bélicos. Mas chegam em casa e justificam qualquer genocídio pela necessidade imperativa do salário. E salário é salário, não importam os meios de consegui-lo. E salário é sal, o sal das lágrimas que não descem, mesmo arrancando partes de filhos pobres de Deus, recolhidos em cinturões de favelas, creches e orfanatos. E os órfãos saem de ventres anônimos para laboratórios da morte, e os funcionários da morte, com isso, conseguem o leite e os brinquedos de seus filhos. (**Desloca-se da cena. Entra o advogado.**)*
>
>*ADVOGADO - Pronto! Deus seja louvado! Meu arquivo está morto. Agora posso voltar a minha província e prosperar em minhas indústrias de armas e tráfico de crianças para o Exterior. Se este defunto miserável, que os dentes do Inferno hão de devorar, ainda estivesse vivo, eu correria o risco de ser denunciado em um de seus delírios e até ser julgado nos Estados Unidos, por pedido de extradição do governo americano. Mas... acabo de ver que Deus realmente existe. E que eu vou continuar meu trabalho, sem riscos e empecilhos.*

Havia no palco um príncipe com uma espada. E uns funcionários que se preparavam para entrar em cena e dar sua opinião sobre o morto. O príncipe parecia algo apenas simbólico, sem qualquer ação significativa, apenas para dar um ar de nobreza à peça. Mas os funcionários eram subempregados do encaixotado, esperando aquele momento para desabafar contra o morto. Um deles se aproximou de nós, apontou com ressentimento o caixão e disse que ia desmascarar o santo morto e todos os presentes. Mas, quando ia começar a falar, o advogado correu até ele, tapou-lhe a boca e pediu para interromperem a peça. Não o advogado fictício, mas Vital Claro, no único ato ético e honroso que vi dele, antes do suicídio, em agosto de 96:

— Parem! Parem! Acendam as luzes!
O Senador estava sufocado e desesperado. Dirigiu-se duramente a Mr. Methal, num ato de coragem absolutamente fora de expectativa:
— Quem você pensa que é, seu velho de merda? Quer descontar em nós seus recalques por não ter matado Fidel e Ho-Chi-Mim? Por ter levado pomba no cu lá em Cuba e no Vietnam? Por ter sido da maior Inteligência terrorista do planeta e ter se fodido em dois países desse tamanhinho? Tá lembrado da crise de 62? O barbudo apontou mísseis diretamente pro seu rabo, velho escroto, lembra? E hoje... Ainda pensa que é o mesmo, seu bosta?
Fiquei bestificada com os insultos do Senador, que estava assinando a própria pena de morte. De fato, os seguranças entraram em cena e quebraram o Senador de murros e pontapés. Vital, quase morto, ficou ensangüentado no chão. Mr. Methal pisou-lhe a cara e disse:
— É o que acontece com os precipitados. Vem aqui, em minha humilde choupana, tirar-me da paz familiar. Não tem muitos dias de vida. Podem botá-lo lá dentro, na UTI.
Ordenou que os seguranças dessem um estranho remédio ao Senador e assegurou:
— Deve cair em breve no sono, que é o prelúdio da morte. Vocês todos estavam identificados com os personagens, por precipitação! Podem ver que a carta de demissão é falsa, sem minha assinatura, sem carimbo, sem valor jurídico algum! O jornal também é forjado, histriões! Agora estão de fato demitidos e sem carta! É uma demissão oral, porque vocês ainda são ágrafos e não sabem ler. E estavam aí vibrando, querendo por fim da força que eu morresse, como se eu não fosse viver mais uns cem anos pela frente! Eu sou imortal, seus retardados, e vocês são homicidas! Pensam que não percebi os cochichos e não li os pensamentos? Embora o homicídio não possua língua, pode falar pelos meios mais miraculosos. De quem é esta frase? Quem matou Hamlet? Com quem Hamlet lutou na cova da noiva? O que vocês sabem do episódio dos coveiros? O que vocês sabem, afinal, a não ser ser previsíveis? Vocês são o espectro da pobreza e do senso comum, que eu combato desde a infância!
Ele dizia isso aos berros, querendo nos mastigar, e nos expulsando de sua propriedade e zombando causticamente de todos. Os seguranças se retiraram com o Senador nos braços, para os aposentos internos da

mansão, quando ocorreu a catarse final. Foi, talvez, o único equívoco de Mr. Methal em toda a sua vida, apesar dos fracassos em Saigon e na Baía dos Porcos. Ele se irritou com os atores, que haviam interrompido a peça:

— Por que vocês interromperam, seus merdinhas menores?

Quando partiu para pisotear o ator principal, ou seja, o advogado, o príncipe de espada na mão interveio:

— Ei, esse aí é Vital, meu filho.

Mr. Methal foi espancar o príncipe e o príncipe enfiou-lhe a espada, rasgando-lhe o reino inteiro, das virilhas velhas à boca do estômago. Vital, estarrecido, reprovou:

— Pai, o senhor está louco?

E o defunto, tirado às pressas do caixão pelos outros atores, disse:

— Vamos fugir, Laertes. O mundo é a pior das tragédias.

A FARSA DOS MILÊNIOS
(ou *Murro em ponta de fada*)

***

(Sem falsa modéstia, nem sei se devo iniciar esta narrativa tão simples. Tão simples, que, ao primar por uma certa qualidade, ou pela melhor das qualidades, já a revogo antes de compô-la. É a estética do aborto precoce, legítimo em suas finalidades, invulnerável às penas da lei. Lei é senso comum, voz corrente, o que deveria ser abortado também, não fosse a submissão dos homens à necessidade. Sempre espero, ainda nos degraus da gestação, que meus contos ultrapassem a mesquinhez das circunstâncias. E gritem ao mundo, mais tarde, o vômito de catástrofes deste fim de século, extremamente dinâmico e inovador e absolutamente o mesmo de todas as eras. Observei hoje à tarde, na Praça da Sé, ao lado de protestantes e às portas da Casa de Deus, um assassinato banal e inverossímil. Não havia a menor causa para o policial aniquilar a menina — suja, carimbada pela poeira das ruas, excluída por todos os olhos passantes, mesmo os mais pobres. Vários de sua linhagem, talvez acumulando raivas dela, deram razão ao assassino da lei. Outros de mesmo clã, esfarrapados até o espírito, que nem chegou a engatinhar, se sublevaram contra o matador público, ou Matadouro Público, por tratar com tanta exatidão bandos de animaizinhos abandonados. Estes, os sublevados, receberam atrocidades semelhantes às de Preta de Neve, como era conhecida a menina de rua, lixeiro miúdo da sociedade. Desprezos, nojos, escarros, excrescências, abortos de toda qualidade acumularam-se na vida, ou na morte simulada, de Preta de Neve, culminando com a liquidação em praça. Não estou querendo inocentá-la de virtuais crimes, o que é logicamente dedutível. Deve ter enchido de ira muitas tigelas dos poderosos, mesmo poderosos comuns, como donos de pequenas lanchonetes. Deve ter cometido roubos em larga escala,

como de uma boneca, cachorrinhos, ursinhos, ou, sem dúvida, relógios e pulseiras suadas. Também não estou querendo, após especular sobre os crimes horrendos de Preta de Neve, condenável à prisão perpétua por abalar São Paulo, dar razão ao policial. Nem o policial tem razão nem a ex-ladrona, ex-tigela de cuspes alheios, ex-Neve, agora condenada à putrefação, enquanto a sociedade se crê mais sana e ressurrescida. Nenhum dos três tem razão. Eu, que apenas presenciei, e que não movi meio dedo, acovardado diante do poder e das pessoas que batiam palmas para o exterminador de infâncias, também não tenho razão. Assim, ninguém com razão, também não há crime, julgamento, autoridade ou valor. E chegamos ao pior dos estágios humanos: a ausência de referenciais.)

***

Ora, todo esse parágrafo acima é literalmente inútil. Foi apenas uma introdução no teclado para ganhar ritmo. Nada disso aconteceu, foi apenas um treino de sadismo. Tanto o policial matador quanto a garotinha transformada em detrito antes dos quinze são ficções puras. Vejam que não falei em murro algum nem em ponta de fada. E só agora coloco em cena o delegado Sansão.

A Catedral da Sé está em plena missa. É a missa das cinco, rotineira. Mas a Catedral está agitada, sacudida, com fiéis às centenas escandalizados, por causa de um episódio que chocou o país. Mesmo legiões de mendigos, que dormem nos chãos pisados, se vestem de frio e nunca receberam da Igreja meia hóstia com café, não aprovam o episódio. A televisão mostrou, varreu corações no país inteiro, e agora até os pedintes amontoam-se à corrente de fé, pedindo cadeia para os culpados. Ora, a Igreja é inteligente e sabe lidar com os milênios. Não vai agora se expor ao ponto de politizar e até capitalizar a questão. Ela não quer réplica, muito menos violência ou vingança — *vade retro*! Mas os padres sabem que muitos fiéis estão encolerizados, como se bebessem das sete tigelas da ira de Deus, reveladas a João em Patmos. Claro que a Igreja sabe! Católicos ortodoxos, membros vitalícios do céu (sendo o Apocalipse apenas uma questão burocrática), estão prontos para apedrejarem o Inimigo, um Madaleno a prostituir a vagina da Bíblia, o âmago da verdade, que é o próprio Deus, e todas as moradas da casa dEle. Mas, por mais que tenha um passado esplêndido-sombrio, pois foi assessor espiritual de Médici, Dom Emílio Alvorada insiste no perdão:

— Não nos deixemos arrastar pela vingança. Esta é a orientação das Escrituras. Em toda vingança, por correta que possa parecer, há o absoluto do Mal, que nos cega o espírito e nos imprime, em letras maiúsculas, a loucura. Daí para a perversão incomensurável, que quebra as algemas da lucidez e nos encarcera no Inferno, é meio passo. O julgamento do que aconteceu pertence a Deus. Sua sabedoria infinita, fora de qualquer condicionamento, ao contrário das conturbações, às vezes mínimas, que nos confundem e escravizam o espírito, ora, a sabedoria de Deus saberá discernir o porquê do episódio tão trágico e medir-lhe o grau da pena. Não compete a nós qualquer vingança ou ameaça, ainda que eu pressinta que muitos dos presentes estão profundamente magoados e insatisfeitos. A vingança pareceria justa e ideal, quando não passa de um reconforto ilusório da alma, que se crê satisfeita e elevada mas que deriva para ações banais. O aperfeiçoamento do espírito, entretanto, consiste em superar ressentimentos e até rir, com superioridade, e se possível salvar o Inimigo. Por isso, a procissão que ora se organiza é apenas uma demonstração simbólica da nossa força e da nossa fé, nada mais.

Como sempre, o discurso do Arcebispo, como de todos os ancestrais, foi concretamente vago. Não disse nada de palpável ou mesmo de ilusório, que servisse para consolar os atingidos pelo atentado. Ou seja: o Arcebispo, com arrodeios, com metáforas batidas, com banalização de Deus, não pronunciou uma sílaba que prestasse. Não aproveitou dos ensinamentos milenares uma letra, e uma letra sequer da Bíblia foi interiorizada pelos homens. Refiro-me aos homens da Praça da Sé, alguns com pedras nos bolsos, tijolos de raiva na alma, vigas no coração, e que agora estão saindo em marcha pelo centro e pelos bairros próximos. Pretendem percorrer grande parte de São Paulo, com câmaras registrando os rituais. Isso não deixa de ser uma réplica, que chegará à casa de todos como resposta ao chocante episódio. No fundo, a inteligência da Igreja, a mais prudente da história, sobrevivente de todas as decadências, ficará desmoralizada se não colocar a réplica nas ruas. E o próprio Arcebispo, no íntimo, não crê em seu discurso, que não é dele, e daria tudo para revitalizar as lenhas da Inquisição, com o cadáver vivo do Inimigo.

Mas quem é este Inimigo? Seria simplório dizer que é o demônio. E não é. Há tempo que o demônio perdeu terreno para as habilidades humanas. E o que ocorreu foi um insulto, uma provocação deliberada, uma violência não apenas espiritual, que é ignóbil, mas física, na carne, que gruda nos ossos da honra e não sai. Alguém importante, importantíssimo, foi surrado em público. Uma mulher. Por um homem. Não me perguntem quem por quem nem confundam com a matança da menina pelo policial, o que jamais aconteceu em São Paulo. Foi alguém mais elevado, mais além, bem além da pretinha anônima e anômala, diluída entre manadas de miseráveis. Foi alguém celeste, digamos assim, de lugar fixo no céu e no coração de velhas choradeiras, não a negrinha de nada, sem ponto algum, e que já nasceu nômade. Foi alguém avizinhado de Deus, vejam só que insulto! Daí a fúria dos guerreiros da Igreja, ainda que Dom Alvorada, mentiroso para si mesmo, e que por dentro se confessa o oposto, apele para o bom senso. A passeata é uma tentativa, cento e um por cento utópica, de restaurar a paz.

Dentre os magoados com o episódio, engolindo a hóstia que o diabo amassou, está o delegado Sansão. Católico extremista, simpatizante de Plínio Correia de Oliveira e de seu paraíso privado, só acessível aos mortais da causa mariana, Sansão nunca faltou a uma única comunhão. Crê em Deus Pai, Todo-Poderoso, Criador do Céu e da Terra. E eu não vou agora cair na banalidade dos contrastes e dizer que ele pratica torturas. Esta revelação é secundária, talvez terciária.

Mas a fúria do delegado Sansão, que agora prolongo à vontade, não era mentira nenhuma. Nem pensem que se prolongou por causa do episódio nacional. Não! A procissão já estava na República, pretendendo alcançar a Consolação e Pinheiros, quando o policial soube da má nova: um evangelho de terror e demonidade, apenas confirmando intuições e suspeitas de alguns dias. Vinha deixando um detetive, um subordinado seu, perto da porta de casa. Hermes, o recruta, mensageiro do Inferno, cortou o máximo de atalhos para chegar à Catedral. De lá se perdeu, pois a multidão de seguidores já estava em marcha adiantada. Colheu nos dedos as pessoas, inquietou-se, pois, ao se atrasar, poderia perder a prometida promoção. O delegado ia passá-lo de recruta a pós-recruta, correndo o risco de um dia ser soldado. Pois imaginem a felicidade que atacou o recruta quando encontrou seu superior! Sansão ia carregando sozinho a estátua da passeata, como se arcasse com o peso do Templo dos Filisteus, só que positivamente. A sublimação do delegado era total, exibindo-se nas ruas como escravo da santa, carregador da mãe de Cristo, freteiro da mais doce fruta do céu, que só raríssimos iniciados, como ele, poderiam sustentar nos braços. Mas não bastou a gravidade da transverberação, ou a renúncia material, ou a Consolação inteirinha, por onde já seguiam os eleitos, ora, tudo isso foi uma farsa que se dissolveu instantânea no momento da mensagem:

— Desculpe, doutor delegado, por eu vir agora. Sei que o senhor está muito empenhado nessa missão. Mas foi o senhor mesmo que disse que eu viesse o mais rápido, se fosse verdade.

Sansão virou-se aos bocados para o recruta, já indiferente à causa de Maria, e quase quebrando a estátua duas vezes na cabeça do subordinado. E gritou gritaria de bicho, animal baixo, atingido lá dentro, nos escondidos, onde as palavras não chegam:

— É verdade, seu filho da puta, é verdade?

O grito foi tão alto, e tão horroroso, e tão cuspidor de raiva, que por uns segundos a ladainha ficou suspensa. Todos olharam para Sansão e ele se sentiu diminuído, como se todos já soubessem, inclusive a estátua, e ele fosse o último a saber. Mantendo o porte de delegado, sansânico, mas com a alma de um anão filisteu, abocanhado por três mil queixadas de burro, começou a espumar pelos olhos e quase suar brasa. Da Consolação, largando a estátua em outras mãos, foi nutrindo ódio e inferioridade até em casa, já pensando em como dar sumiço aos dois. O recruta, ao lado, falou mais uma vez, com a verdade na língua e a assinatura da promoção nos olhos:

— Eu vi, doutor, eu vi. Dona Cida deixou ele entrar.

Agradeceu ao recruta, agora já em outro degrau, e caminhou sozinho para casa. A expressão "deixou ele entrar" trazia à sua mente as piores associações. Parecia até um mal de propósito, da mulher ou do ex-recruta, ou dos dois, ou dos três, pois não era possível tanta coincidência. Estava tão perturbado, que nem se lembrou do carro e dos soldados. E partiu sozinho, calçada por calçada, e não vendo nada direito, só calçada, calça+dá, e tudo quanto era ruindade, mesmo as enterradas de muito tempo, abriam seus túmulos aos risos e arrochavam a garganta dele. E foi pensando no método, no melhor dos métodos, para não falhar em nada. Tiro, faca, corda, ou tudo junto, ou nada, só mão. E contramão. O atropelo quase. E os prédios da rua estavam só esperando por ele pra desabar. Mal botasse a cabeça na esquina. Um imbecil. Pra que cabeça, se só descobriu agora? E por meio de outros, alugando mãos. E não estavam alugando o quarto dele nem comprando nem suando pra ter mas tendo no maior conforto. E com provável amor. Provável? Faca era mais preciso. A cicatriz no defunto, para ficar marcado em todas as viagens. Tiro... tiro era mais humano. Sofria menos. E o buraco, circundado pelos micróbios, não deixava marcas pessoais. Faca era ideal, porque tiro tinha lá suas falhas e suas gratidões. E foi. E andou. E era o mesmo que não avançar meio pé. E a rua se alongava, se alargava, crescia. Retardava a chegada. Os dois iam triunfar, sorrir agarrados, se recompor, e ele sair. E ele chegar e perder o prazer. O momento insubstituível. Os segundos de trepidação, do hálito da alegria jorrando entre as bocas e percorrendo as trilhas dos ossos. A alma tem osso quando se chega ao sublime. Os dois lá, imbecil. Nordestino achatado. Com poetinhas na lembrança e os dois lá. Então ele se apressou, apesar de a rua crescer de novo. E deu mais meio passo. Já era um progresso. São Paulo, olha o que São Paulo te deu. Crimes nos fins de semana e a cama de qualquer um todo dia. Imagine o que ela não fazia no meio da semana, nos dias mais ocupados. Cida. Uma paulista tão linda, diferente daquelas branquelas, cor de vela. Vela. Caixão. Insanidade? Não. A esposa não era disso, mas como não era? Vinham de longe as suspeitas. Sobre a sua desconhecida. Tirou ela da miséria, aquela desagradecida. Suicida. Ia matá-la embebecida com inseticida. Cidade complicada, cheia de descidas. DescIda. Já não era a mesma. Ida, corroída, prostituída. E ele foi, andou mais. Avançou alguns dedos. E a metrópole, mais uma vez, pareceu parida contra ele. Parida. E todo infortúnio rima com a própria vida. Grá-vida. Grã-vida. E ele se arriscando com homicidas, em favelas compridas, com barra-pesada, com risco de queda, com resto de vida, com morte na moda, com ruindade aguda. Ganhou o Prêmio Sansão assim, preso por bandidos e humilhado no meio da favela. Os favelados sentiram-se emancipados pelo menos uma vez na vida. Uma tal de Dalila, líder dos seqüestradores, queria mostrar àquele nordestino de merda o que era uma mulher. E mandou amarrá-lo numa cadeira e ordenou ao povo que debandasse dos casebres. E dissesse a ele que cada taipa daquela, por falta de tijolo, era culpa dele. E que ele, com a laia todinha, tava devendo muito aos miseráveis. E que a miséria começou um dia e ia terminar um dia também, não era eterna não, bosta achatada! E pra mostrar que ele era um zé-ninguenzinho mesmo, um qualquerzinho de quinta, ou de sexta, de ordem nenhuma, ordenou que o povo fizesse fila pra cortar os cabelos dele. E o povo cortou, uns sorrindo, outros tremendo, outros se acabando de rir. E os tremendo eram punidos por Dalila. E a fila então só fazia crescer e endurecer. E ninguém mais teve medo. Medo é coisa de pobre do passado. Há milênios que os miseráveis são os miseráveis e essa farsa tem que acabar! E a farsa não acabou, ele voltou lá com mais força e não encontrou mais Dalila. E quem tinha cortado o cabelo dele, com parte da honra dele, não sabia de nada. E ele saiu judiando, incendiando taipas, derrubando choupanas sem alicerces, e não encontrou sequer rastros da bandida. Ida. E agora ali, ainda andando, sem cabelo de novo, menor que o primeiro Sansão. Entrou na Doutor Arnaldo, aproximou-se do Hospital das Clínicas, viu chegar uma mulher toda perfurada pelo marido bêbado. Olhou do outro lado o cemitério, os anjos abrindo as mãos com piedade dele, os pinheiros sugerindo-lhe descanso, os túmulos de mármore abertos pra alma dele, como se todos já tivessem passado por dor parecida. É a solidariedade, mestre, que aparece quando a gente menos espera. Dobrou, entrou numa venda, pediu cachaça pra incendiar por dentro. O vendeiro, simpático, perguntou:

— Quer da comum ou uma amansa-corno?

Puxou o revólver para explodir o quengo do vendeiro, mas estava sem o revólver. O havia deixado ou perdido em qualquer canto, não engoliu a pinga e saiu com mais nojo ainda de tudo. Cida, finalmente, aparecia de vez. Bem que ele já rastreava, já tinha reunido sinais do delito. Mas não tinha tempo de averiguar nada, ainda que fosse delegado. Coincidência perversa! Se não justiçasse a mulher, ou ao menos a interrogasse, ia ser frouxo pra sempre. E os bandidos de todas as qualidades, e de todos os defeitos, de todas as virtudes e invirtudes, dos marginais aos oficiais, dos favelados aos policiais, cuja fronteira é mínima, iam mangar dele, debochar, descascá-lo, chifre é chifre, meu compadre, só sai no caixão, quando serrar. E a raiva aumentando, junto com uma vontade de matar todo mundo. Todo mundo ali em São Paulo sabia e era cúmplice. Em toda favela o povo era cúmplice. É a lei do silêncio, meu chapa, ninguém sabe, ninguém viu. E as buscas não andam ele já nem anda pelas calçadas e o asfalto se impõe a ele é duro capitão é duro mas ele nunca seria um capitão só um delegadinho de décima categoria se é que tinha categoria e agora com a mulher exposta ao mundo qualquer um passando na catraca

dela olhaí o brabão galera tão brabão e colecionando pica na geladeira da mulher! Guardando rola no guarda-roupa da dona encrenca que não encrenca com os outros! Um rola-falida, um pica-mansa, um pau-bichado, um vara-de-enfeite, um cajado-queijudo, um incha-ovo, um cospe-vento, um gala-pedrada, um buceta-lacrada, um come-ninguém, um ovo-buchechudo, um chocalho-gordo, um peia-sem-veia, um vareta-mutreta, um xereca-neca, um trouxa-frouxa, um caralho-espantalho, um estaca-sem-bruaca, pomba-do-espírito-santo, amém. E a raiva fechando-lhe os dentes a mente torturada cheia de grades e os presos tuberculosos mantidos a rodelas de pão e meio copo dágua por ordem dele tudo agora vibrando lá vai o idiota o trouxa e a mulher com outra trouxa em casa na cama do papa-vento que só dá pau na gente aqui eu quero ver dar pau em casa não em casa ele recolhe o pau e deixa de molho e a cara do sagüi engilha e encolhe e ele dorme e ronca e a mulher boiando como carne enjeitada e aí ele se acorda e vem descontar na gente deixa a gente de molho e manda passar alho nas chicotadas e em casa o visita de molho na mulher ela lambendo o chicote e a gente é tudo fudido morre a qualquer hora mas vai pro céu ou pro inferno com honra ninguém aqui engole gala de ninguém há um código e o carinha lá tocando código morse na mulher do valentão. Valentinho despreza-priquito. Desmancha-prazer de mulher arranja-prazer pros outros. Pensa que a gente não sabe, paraibinha criado com pão dormido e bife de piaba? Um limpa-bojo que vem lá das quantas e quer botar banca aqui. Como se o trânsito, na cadeia, não tivesse sinal.
— Sai da frente, fi de rapariga!
Quase morre no asfalto, em sinal verde, com um carro nas costelas. Já estava no fim da Cardeal Arcoverde, quando se lembrou das lições do Arcebispo. E qual seria a alvorada de sua vida dali por diante? O recruta, mesmo promovido, ia abrir a boca. Não ia mais ter moral na delegacia. Nem em canto nenhum. E já imaginava o cadáver da mulher, varado por todos os caibros da casa. Ia derrubar tudo, não deixar pistas, metralhar os fantasmas. E o recrutinha que se cuidasse os soldados tudinho se não obedecessem a ele e os superiores também todos cúmplices todos juntos contra ele tudo uma aliança de malfeitores de quem ele só desconfiava agora e arriscou vida em Francisco Morato ali é estoque de chumbo, meu velho, extermínios todo fim de semana e ele se dedicando à segurança e a peregrinações religiosas e a polícia inteira sugando a mulher dele claro que o recrutinha conhecia deve ter dado

em cima dela também e os escalões mais baixos aqueles assassinos mesmo de aluguel tudo inquilino da cama dele e os presos fazendo fila também pra cortar o cabelo dele e acariciar a franja inferior da mulher preso também ama é só dar condição e a condução apitou nos ouvidos dele a trombeta do inferno e a raiva do delegado cego contra todos ia transbordando já cabia em setenta milhões de tigelas não nas sete humildes de Deus e Deus mesmo já sabia de tudo e não disse a ele não olhou pra ele esse tempo todo e agora ele não tinha mais medo de ceder às tentações do outro lado Deus não o advertiu em nada nem em sonho e jogou ele em covas de leões sem que ele entendesse a jogada o recruta ele sabia e ia espalhar sai da frente corno!

E só despertou do sono da morte no focinho de um ônibus. Entrou na rua Sansão Carrasco, alcançou a do Sumidouro, a dele. Esperava ser alvo de comentários de toda a vizinhança. Mas ninguém estava sequer na calçada, o que era pior. Estavam todos recolhidos em suas casas, à vontade, só golpeando ele com extremo prazer e vibração. De fora apenas um grupo de crianças em torno de um velhinho que distribuía laranjas, o que lhe lembrou a infância magra, em fatias secas. Uma menina disse ao vovô:

Laranja partida
sem fazer ferida
com o tampo cortado
mas sendo apregado

E o resto bateu palmas e exigiu o mesmo. Nenhuma feridinha, nenhuma abertura. A laranjinha tinha que ser chupada intacta. O tampo! O tampo cortado! Na cabeça dele, sem tampo e sem mais nada, apenas partida e ferida, os meninos estavam falando dele. Se referiam ao abrir e fechar da mulher, sem cessar. Então entrou em casa derrubando a porta e flagrou a mulher, usando todo o poder da vista, com ninguém. Mal conseguia falar, porque peixeiras afiadas saíam-lhe do céu da boca.

— Onde? Onde?

Deu uma volta rápida na casa, não achou ninguém.

— Onde, mulher? Onde, puta, hem, onde está o filho da puta?

A filha dele, de nove anos, que acabava de se vestir de fada, perguntou o que painho tinha. Ela tinha sido eleita a mais bonita da rua e ganhado a fantasia para comemorar naquele dia. Era, exatamente, 12 de outubro de 1995. Ele achou a pergunta dela um insulto, como se a fada da rua, eleita por unanimidade, fosse também cúmplice da traição. Deu um murro na ponta do nariz dela, que jorrou sangue sobre o vestido, a faixa bege, as meias transparentes, as botinhas e a varinha de condão. Não ligou para o desmaio da princesinha, que qualquer príncipe, com um beijo, podia ressuscitar. E passou a hostilizar a rainha do lar. Deu tanto chute na mulher, que ela acabou confessando, como se estivesse num cárcere, e como se ele fosse um delegado, seu crime: tinha um caso não com um homem, ou com dois homens, ou com o batalhão inteiro, como ele podia pensar. Tinha um caso era com uma mulher, que a satisfazia plenamente. E disso se orgulhava: a amante, Cida, que ele também ia matar, só aparecia em momentos divinos, de altas carências e altas carícias. Cida chegou a gritar detalhes de sua relação de amor com Cida, escandalizou a rua inteira, sem que uma janela se abrisse. Na mente do delegado, tudo podia ser verdade; e o trabalho dele, agora, era só investigar a desaparecida. Mas tudo também podia ser mentira e a mulher estava grunhindo horrores só para se vingar dele, de coisas passadas. Isso só fez agigantar-lhe a raiva e ele chutou tanto a mulher, mas tanto, que ela adormeceu no chão. Dela, para o chão, começou a descer devagar, depois mais grosso, um líquido vermelho-alaranjado. Então ele se lembrou que a mulher estava grávida e sorriu. Mas, a essa altura, já podia ser filho do recruta, ou de outro qualquer, ou da outra Cida, o que era impossível investigar. Então diminuiu o sorriso. E aí, sem mais, imperou a lei do silêncio.

As janelas só começaram a se abrir quando uma estranha zoada cortou a rua. Era a procissão de Nossa Senhora da Aparecida, em protesto (mesmo que a Igreja não quisesse) contra Edir Macedo. O bispo Von Helde, da Igreja Universal do Reino de Deus, tinha dado um chute na santa e arrasado os sentimentos do país. O Brasil não via tal desrespeito desde a missa de Frei Coimbra. Séculos se passaram sem guerras religiosas, sem crueldade tão explícita e absurda, num país celeiro da paz. Em pé sobre o corpo de Cida, que jazia no chão, Sansão, da janela, dava todo apoio a Aparecida, a erguida, a Nossa Senhora, embrutecida por um covarde. Retomou a rua, retomou a estátua, retomou a caminhada. E não compreendia como um homem era capaz de ferir uma mulher tão especial.

OS CÃES E OS CAVALOS
(plágio de uma fábula ocidental)

Zadir, brigado com a mulher, refugiou-se na Mata do Buraquinho. Homem sensato, bibliófilo voraz, de placidez impecável, jamais quisera briga com ninguém. Evitava, agora, com a fuga, conflitos com a esposa, Asnera, com a qual jamais discutira ou sequer pensara em agredir com um dedo.

Entrando na Mata, armou com bambus uma casa simples, bem-cuidada, com a vantagem de estar distante de tudo e de todos. Pensava reintegrar-se à natureza, guardando da civilização apenas as roupas, os livros e alguns objetos imprescindíveis. Asnera o mandara vender os livros, pois desempregado tem que fazer algo pela família. Zadir não suportava tal lembrança, convicto de que seus livros, síntese de uma vida inteira, eram intraficáveis. Por sorte não tivera filho, o que reduzia enormemente as chantagens e as pressões de Asnera, que, justiça seja feita, às vezes dava sinal de sensatez.

Mas Zadir queria ir além da simples sensatez, buscando em seu palácio de bambu o espaço ideal para suas novas ambições. Com sede crescente de conhecimento, tornou-se, em seis meses, um naturalista completo, especialista notável em plantas e animais tropicais, encantando-se com variedades naquilo em que os leigos e os apressados não veriam mais que homogeneidade e repetição. Anotava os detalhes e as distinções mínimas, às vezes microscópicas, em seus cadernos de pesquisa, eufórico com descobertas arrebatadoras sobre insetos, pequenos mamíferos, peixes, jacarés, arbustos e árvores milenares. A cada dia, na memória, inclinava mais o ocaso da esposa, agradecendo a Deus por ter-lhe aberto a mente e apontado a opção certa. Nesse clima de entusiasmo e doçura, sem um único tormento que o perturbasse, acordava todas as manhãs chilreando para os pássaros, os quais vinham comer em sua mão alguns grãos que ele cultivava em sua horta.

Para completar a indescritível felicidade de Zadir, soube uma vez, de um caçador que passava ali perto, que havia uma República de Poetas no âmago da Mata. E que lá tudo funcionava em totalíssima harmonia, pois os sábios mais sensatos do mundo haviam convergido para lá. Apenas escritores entravam no Reino, apesar de um mal necessário: uns mil trabalhadores para serviços inferiores. "Meu Deus!", pensou Zadir semi-abestalhado, "Deve ser a República de Platão, governada pelos filósofos!" Mas logo se lembrou que Platão não gostava muito de poetas, devido ao discurso transgressor deles. E soube pelo caçador que os poetas do âmago da Mata, a alma da Mata, o Espírito da Natureza, eram simplesmente os mais transgressores do mundo. Poetas malditos, propositalmente hostis à ordem capitalista, derrubadores de todas as regras, quebradores de todos os tabus, rompedores da tradição, antiutilitários, anti-sistemáticos, sempre inovadores, pregavam a revolução dentro da revolução, pois não há poesia revolucionária sem linguagem revolucionária. Pouco estavam ligando para o conteúdo, dada a banalidade do mundo, que reduzia a palavra a puro veículo de referente. Zadir então ficou tão jubilado, que não hesitou em apostar numa possível alienação mental do caçador. Mas, como jamais julgara um ser humano, logo apagou do cérebro acusação tão nefasta e decidiu acreditar no amigo.

    O caçador lhe disse que não era difícil atingir as muralhas e as torres do Reino dos Poetas. Bastava apresentar a eles alguma poesia, mesmo que manuscrita, para se vincular ao Reino. A senha de entrada, em si, não era nada fantástico. Inimaginável era tentar subir os escalões do Reino, o qual, apesar da sublimeza, era rigorosamente hierarquizado. Eram necessários anos, décadas, às vezes séculos para ter ascensão de uma categoria de poesia para outra, pois o julgamento e a aprovação dependiam dos mais fabulosos poetas de todos os tempos, os Neovetustos, que ocupavam o topo das Torres dos Quatro Cantos do Mundo.

    Nem adiantava mais ao caçador, que também era poeta, transmitir a Zadir as minúcias e os segredos do Reino, tal o abismo de tristeza que o devorou. Além de ser um poeta simples, que ocupasse, talvez, apenas a calçada externa do Reino, seus poemas, quilométricos, desenxutos, grandiloqüentes, discursivos, conceituais, com predominância da referencialidade, estavam em casa de Asnera, da qual se lembrou por puro acaso. Despediu-se então do caçador e recolheu-se à casinha de bambu, decidido a jamais pensar em poesia ou reescrever algum texto de memória, pois era infinita a escada para o topo do Reino. Assim, dedicou-se ao seu humilde estudo de plantas e animais simples, arrancando da cabeça todas as tentações que surgiam, involuntariamente, de um dia visitar, ao menos como servo, o lado de fora do Reino dos Poetas.

Ora, passado o encontro com o caçador, o que Zadir preferiu crer ter sido alucinação, dada sua solidão na Mata, foi um dia passear às margens do Rio dos Macacos. Jogara bola por ali na infância e agora tudo estava abandonado, sem qualquer presença humana. No entanto, Zadir foi arrancado à força de seus monólogos por dois arqueiros que procuravam, inquietos, alguma coisa. Vinham com trajes típicos de um reino, arcos de penas coloridas na cabeça, arcos de madeira polida na mão, botas e roupas artesanais, meias erguidas até o joelho, e dois cães ligados por uma única corrente, bifurcada na extremidade. Os cães pularam por sobre Zadir, como se fosse ladrão, traidor ou algum dissidente do Reino procurado por sua alta periculosidade. Um dos arqueiros indagou:

— Não viste por aqui um cavalo?

— São dois cavalos, respondeu Zadir. Muito pesados, mas com galopes simétricos, apesar de algumas curvas entre um passo e outro.

— Onde estarão os cavalos?

E Zadir respondeu:

— Jamais os vi. E nunca soube que os poetas do Reino tivessem cavalos. Nunca ouvi falar deles. Mas são muito delicados e inteligentes, pois cortam caminhos certos.

— Como sabes que são delicados e inteligentes? És um feiticeiro?

— Não. Mas os cavalos suportam muito peso e mesmo assim se equilibram. As patas dianteiras são mais sacrificadas que as traseiras. Apesar do pequeno descompasso, eles se mantêm firmes.

O outro arqueiro falou aperreado:

— Eles transportam livros para o Reino. E nós somos responsáveis por eles. Têm dado por aqui muitos bandoleiros e salteadores, que querem assaltar e contrabandear os livros do Reino.

Zadir quase sorriu. Não era deboche, pois era incapaz disso, sobretudo com representantes de nobres. Mas afirmou:

— Não se preocupem, senhores arqueiros, com esses vulgares. Eles não lêem metalinguagem.

O primeiro arqueiro, entreolhando-se com o segundo, quase solta os cães em cima de Zadir.

— Como sabes que os livros são de metalinguagem? Eles vêm da civilização para cá escondidos, dado seu conteúdo vândalo, e tal segredo é inviolável. Como os cavalos se extraviaram de nós, devem ter se perdido e algum exemplar deve ter caído no chão. Tu o viste?

— Não. Mas é um livro de poesia sobre poesia, pois os Neovetustos, pelo que sei, não admitem outra coisa. São publicações deles mesmos, pois não há outros poetas que tenham chegado ao topo e então eles se lêem a si mesmos.

— Então, concluiu o arqueiro, chegaste a achar mais de um livro.

— Não, senhor, nenhum. Mas cada livro tem orelhas com elogios mútuos, além de uma foto do autor, em tom grave, cabeça baixa, sem olhar para ninguém, o que convém aos clássicos. Quando abrimos as primeiras folhas, há uma apresentação de um crítico do mesmo grupo, sempre realçando a nova contribuição ao domínio da poética. A cada lançamento comparece o mesmo grupo, sempre autofascinado, o que é raríssimo neste mundo de Jó. Sempre exploram o mesmo tema, ou seja, a poesia é isso, a poesia não é isso; o signo é aquilo, a consciência poética é tal coisa, sempre querendo romper.

Os arqueiros, soltando os cães em cima de Zadir, levaram-no preso, vasculharam sua casa e apreenderam seus livros, tão humildes e vergonhosos diante das preciosidades do Reino. "Graças a Deus", pensou Zadir, "meus poemas ficaram com Asnera". Aliviou-se porque poderia ser julgado por ofensa à palavra e por transgressão à transgressão. Mas se sentia ao mesmo tempo feliz, porque, mesmo preso, acusado de saltear os livros dos cavalos, ia finalmente conhecer a República dos Poetas.

No meio do caminho, um terceiro arqueiro estava prestes a se suicidar, por ter perdido o mais precioso, imaculado e cobiçado dos livros.

— É o *Livro das metalinguagens e outras metas*, disse Zadir. O autor é o nobilíssimo Dom Augustoldo de Campos.

O suicida, invadido febrilmente de felicidade, tirando do umbigo o gume da espada, viu em Zadir a sua salvação. Aproximou-se e disse:

— Este é o Livro Sagrado do Reino.

— Bem o sei, senhor. Contém a doutrina que os poetas do menos, da contenção, do minimalismo, da antiode, do antidiscurso, seguem à risca, por ser a economia verbal o estatuto poético da modernidade.

— Meu senhor! — exclamou o arqueiro quase automorto, com os

olhos nadando em lágrimas. Onde encontraste este livro?
— Jamais o vi.
— Como jamais o viste? — disse o arqueiro, correndo para esganar Zadir.
— Não o vi, senhor, jamais. Mas é um livro-tese, seguido por muitos como o quinto evangelho do Ocidente. Como na modernidade tudo é efêmero e de valor mercantil, o reencontro com a sacralidade só se dá com o endeusamento da poesia em si, abstraída de qualquer contexto histórico e que se basta a si mesma enquanto camada sonora e movimento de palavras em trocadilho.
Os outros explicaram que Zadir ou era bandoleiro ou macumbeiro, para saber de coisas jamais vistas. E o levaram ao tribunal da República, onde concluíram que Zadir era as duas coisas. Condenado à prisão perpétua e a torturas, ainda perdeu todos os livros apreendidos, que iam ser queimados, e ia ter seu palácio de bambu desmoronado. Quando iam levá-lo para o suplício, Zadir, que nem ouvira direito a justa sentença, arrebatado que estava pela beleza daquele local, foi salvo pela grande notícia: haviam achado todos os livros e os cavalos dos Neovetustos. Estes, então, usando de seu discernimento incomparável de justiça, sobriedade e imparcialidade, incapazes que eram de confundir a objetividade da poesia com coisas subjetivas, ordenaram aos juízes a reformulação imediata da sentença. Zadir foi solto e teve direito a defesa. Subiu ao palanque dos oradores, olhou os Neovetustos, trêmulo, buscando em seu indigente vocabulário palavras provisórias para nomeá-los, e disse:
— Poços de sapiência! Tesouros de cerebralidade! Imortais da literatura universal! Apesar de vossa imaginação divinamente arguta, inacessível aos simples como eu, mero servo dos servos, não sabeis o quanto me deixais eletrizado de alegria neste castelo de estética. Ó vós que sois as últimas relíquias de um universo cujo espírito e cuja matéria estão em extinção! Garanto-vos, senhores inomeáveis, insignificáveis, que jamais vi os cavalos que transportam a sabedoria até vossos cérebros. Sei apenas que todos os livros de metalinguagem são iguais, o que é imprescindível à vossa procura pela unidade na diversidade e ao texto pelo texto. Sempre colocais fotos vossas nas orelhas dos livros, com um rosto seríssimo e meditativo, o que demonstra profundíssima reflexão sobre um mundo completamente

degenerado. Vós sois a exceção, o refúgio da lucidez, o avanço dos avanços, o reduto das últimas ambições de plenitude. Este Reino, produto de vossas idéias e vossas imagens, porque tudo no mundo é um signo, é vosso texto-mor. Mas o que sei dos cavalos e dos livros é pura dedução. Andando eu pelas margens do Rio dos Macacos, encontrei na lama grossa alguns rastros de jacarés. Deduzi que, famintos, haviam-se deslocado até o limite das margens, onde acabam os rastros. Os cavalos, conduzidos pelos arqueiros, detiveram-se neste limite e, por puro instinto de defesa e sobrevivência, não avançaram, pois poderiam ser hostilizados pelos jacarés. Ainda mais, a lama, apesar de grossa, é inconsistente, o que levou os cavalos a tomar desvio. Entrando por atalhos na parte mais alta da Mata, o peso dos livros, no lombo deles, contraiu-se para baixo, forçando as patas de cima mais que as de baixo, o que fazia que suas marcas se diferenciassem. Deduzi que são dois cavalos por causa de rastros duplos e da quantidade dos livros, pois, como vos baseais sempre em sistemas binários, jamais usaríeis um ou três cavalos. Ao saber de um caçador que existem quatro torres no centro do Reino, supus que em cada torre houvesse uma biblioteca, o que duplica o peso dos cavalos, pois cada cavalo transporta livros para duas torres. Os galopes simétricos se devem ao andar estético e semiótico dos arqueiros e as curvas eram necessárias para o acompanhamento do relevo da Mata. Então, o que parece assimetria é, na verdade, uma unidade harmônica dentro da diversidade. Quanto ao evangelho de Dom Augustoldo de Campos, é conhecido no mundo inteiro, pois a literatura ocidental (a letrada, não a oral, o que seria pretensão demais) é antes e depois dele. E por ele eu deduzi o resto, pois inúmeros poetas só fazem imitar e cumprir o que está nos manifestos. Daí as páginas com poucas linhas, textos breves e concisos, como ódio mortal à prolixidade. A poesia verbovocovisual é mimese estrutural de processos industriais, já tendo evoluído em vossas mãos para a era pós-industrial e pós-moderna. E vós, que sois delicados e inteligentes, haveis de reconhecer que jamais assaltei vossas obras, sem as quais a humanidade ficaria desmemoriada.

Todos ficaram assombrados com a perspicácia de Zadir. Logo lhe devolveram os seus quatrocentos livros. Só queimaram trezentos e noventa e oito, por não serem de metalinguagem. E os outros dois colocaram na biblioteca dos arqueiros, para servirem de borrões aos incipientes e aos insipientes. Zadir não se feriu, edificado que estava com a resolução dos Neovetustos, que lhe expuseram a lista dos livros mais zelados do Reino, guardados a setenta chaves:

1. *ABAJUR DE DA LUA* (Chico Lindo)
2. *O LIVRO DE DAR AGONIA* (Barbosa Falho)
3. *AS RÃS DE SÔNIA* (Prepúcius Ruins)
4. *META DA EDUCAÇÃO FÍSICA: DAR PARTE* (Paulo Honório)
5. *AZUL DE METILENO PARA CADA COMPRADOR* (Gavião Mem de Sá)
6. *GEO METIA COM PAIXÃO* (Abelardo Barbosa Filho)
7. *CÂNCER DE PRÓSTATA NO PÊSSEGO* (Paraguai)
8. *PAIXÃO NA AREIA MOVEDIÇA* (Chicó)
9. *VARA DE TOURO* (Micróbio Alves)
10. *SÃO TEUS ESTES BOLEIROS* (Rui Barbosa Neto)
11. *ESTRADAS OU DESESTRADAS* (Magnífica Celeste)
12. *AS COMADRES DE PEDRA* (Bebeto Bisneto)
13. *POAVESTRUZES FAZENDO AMOR EM SILÊNCIO* (F. Coremas)
14. *DESOVAR NO LODO* (Rio de Perto)
15. *OS PENTELHOS DO SUPREMO* (Pau de Cedro e Vinheira)
16. *MULAMBOS DE MACAMBIRA* (Abrir-te-ão de Costa)
17. *A TENTAÇÃO DAS NORAS* (Ejacules)
18. *O TRAJETO DO ESPERMATOZÓIDE* (João Jordão)
19. *O LADO DE MÁRIO COVAS* (Confúcio Jeans)
20. *O SECO POR MAMÁRIA* (Eunuco)
21. *ESSE DOCE? EU COMIA* (Petrônio Alves Cabral)
22. *DOIS PATINHOS NA LAGOA* (Zé Menino)

22! Até na quantidade eram palindrômicos, perfeitos e simétricos! Zadir teve a sorte, por azar, de se lembrar de um poema seu, dedicado aos marinheiros de Valparaíso que sofreram um dia repressão de um ditador muito mau. Os primeiros versos eram assim:

Que aconteceu naquelas tardes de 73
Que vossas criaturas sangravam no mar?

Pois não é que Zadir não passou disso? Foi julgado discursivo, prolixo, repetitivo, grandiloqüente e, pior do que tudo, realista e engajado! Só não foi levado de volta ao tribunal porque preferiram lapidar o texto dele todinho, para ensinar-lhe a essência do fazer poético, do mundo substantivo-visual, do mínimo múltiplo comum da linguagem. No final, o poema ficou assim:

Quê: 73?

Zadir se sentiu muito enriquecido com a lição e mais uma vez compreendeu os limites de seus limites. Infinita era a sua distância dos Mestres do Topo, cujas combinações verbais eram quase impossíveis lingüisticamente, às vezes recorrendo a outros sistemas de comunicação para expressar seu universo interior, intraduzível pela falida palavra humana. Eles se consideravam cães farejadores de novos vocábulos, novos códigos, cavalos mitológicos cavalgando sobre inéditas e inconstructíveis construcções.

Ao fim da tarde, Zadir foi solto e levado à sua casinha de bambu, pois não tinha condições de se integrar ao Reino. Em casa, encontrou-se com Asnera, que me bateu nos ombros, por trás, e me disse:

— Vai atrás de emprego, homem. É ilusão o que estás querendo.

— O quê? Ser escritor?

— Não. Imitar um gênio.

O MELHOR DOS MUNDOS
(uma lição de auto-ajuda)

> *"A vida não é a morte. Viver é uma coisa, morrer é outra. Porque viver é a vida e morrer é a morte. E a morte não é a vida. Porque a morte é morrer e a vida é viver. Portanto, morrer é uma coisa e viver é outra".*
>
> Pablo Cenoura, in Masturbe

A Chico Maruê, amigo de infância, morto em 1778

    Judiei muito por aí, fiz presepadas, mas não merecia passar pelo que passei. Quando saí da cadeia, prometi a mim mesmo que ia me regenerar. E no outro dia fui procurar emprego. Tinha um aviso pedindo freteiros para feira e eu embarquei nessa. Pagavam dois reais por dia para desovar caminhões de carne e eu aceitei. Comecei a carregar aqueles lombos pesados e no fim das tardes estava abatido. Um dia adormeci uns dez minutos depois do almoço, que meu patrão me vendia a três reais, e fui acordado com um chute na cara. Fui imediatamente mandado embora, sem garantia nenhuma. Procurei um advogado. E o advogado pediu para eu assinar uma papelada que lhe garantia agir contra o explorador. Indignado com o que lhe contei, o advogado prometeu arrasar, dentro da lei, o dono dos caminhões, o que me deu muita esperança. Mas, quando ia saindo, ele pediu para eu adiantar algum dinheiro, para começar a dar entrada no processo. Ora, eu não tinha! Então o advogado, de espírito sensato, disse que ia me processar por consulta não paga. Saí correndo do escritório dele e me escondi na casa de um primo meu, na favela das Cinco Bocas. Ele não podia dividir seus espaços comigo. A mulher dele estava doente junto com as três filhinhas, porque diariamente ele batia nelas. Então ele me pediu que eu o ajudasse no bar dele. Topei. Era melhor ficar assim do que exposto ao advogado e à polícia. No bar, por exemplo, eu só tinha que lavar os pratos e servir as comidas. O primeiro dia foi a inauguração de uma construção em frente ao bar e mais de cem piões correram pra lá, na hora do almoço. Eu não podia dar conta dos pratos e da cozinha ao mesmo tempo, mas meu primo disse e tu ainda reclama da vida, é? Acho que ele estava certo, por isso fugi. Fui bater na construção, para meu primo não suspeitar e pensar que eu tinha corrido pra longe. Pelo menos na construção tinha carteira assinada, férias, hora extra, indenização e segurança. Não era como na construção vizinha, já avançada, onde dois operários estavam estirados na calçada, cobertos de jornais. Aqui deve ser bem melhor, pensei. E o chefe de obras me contratou na hora para eu sabotar o prédio vizinho. Eram duas empreiteiras que se odiavam e viviam de sabotagens mútuas. Não aceitei e saí de lá feliz. Como era que eu, formado em letras e filosofia, podia ter o espírito corrompido? Afogado nesses pensamentos, ia sendo atropelado por dois ônibus, cada um na sua mão, que se desviaram de mim e se chocaram. Arrastaram mais onze carros no choque e derrubaram vinte e três casas. Delas, graças a Deus, crianças não morreram, nenhuma, por incrível que pareça. Apenas nove ficaram paralíticas e cinco paraplégicas, mas poderia ter sido bem pior. Quando a polícia chegou, a população em massa, que se preparava para me exterminar, disse que eu era culpado de tudo. E os policiais, cumprindo seu papel social, não permitiram que eu fosse assassinado. "Todo acusado tem direito a uma defesa!", disse com brilho o capitão, que era candidato a vereador e não foi eleito. Em seguida, permitiu só que o povo me surrasse. Abandonado na estrada, pois era mais barato do que ser mantido na prisão, fui cuidado por uma velhinha preta, lavadeira de roupa, solitária e carente, completamente humana e desinteressada. Dava pra ver que ela cuidava de mim por verdadeiro amor humano, até porque eu não tinha nada que dar a ela. Mal me curei, a velha preta fez questão de transar comigo. Foi muita dificuldade eu levantar a moral contra a samaritana, até porque eu devia tudo a ela. E ela queria que eu pagasse pro resto da vida, pois sem ela eu não tinha escapado. Transei umas trezentas vezes com a velha, até conseguir fugir da casa dela. Ora, a surra tinha sido muito violenta e meus pés já não se sustentavam bem. Meus dedões foram partidos e os calcanhares quebrados. Eu não podia nem pensar em correr, tinha que esperar uma noite em que a preta dormisse bem muito. Aí, na noite ideal, eu já estava abrindo a porta da velha, quando chegou o marido dela. Ele fazia parte desses esquadrões da morte que matam bandidos para a polícia e somem por um tempo. Estava chegando de seu último sumiço, com medo de ser queimado pela polícia, pois é muito perigoso para a polícia um capataz seu matar oitocentas pessoas. Até setecentas e oitenta ainda se suporta, mas oitocentas é demais. Então tive que sair pela porta dos fundos, por onde iam entrando dois capatazes novos, instruídos pela polícia para findar o velho. Me escondi embaixo das roupas sujas da velha e fiquei caladinho ouvindo os tiros. Apagaram os dois. E eu não fui o terceiro porque um dos capatazes era Santino, ex-colega meu de filosofia, habilitado em ética; o segundo tinha feito primeira comunhão comigo, ia seguir carreira eclesiástica e chegou a ser aluno de Paulo VI. Os dois decidiram em segredo não me matar. Para manter viva nossa amizade, cortaram minha língua. E me esbofetearam até me darem por doido, incapaz de falar ou escrever. De fato, devo ter entrado em convulsão no chão, com a língua esperneando no barro da ex-velha, pois não lembro se foram três ou quatro policiais que chegaram para matar os dois jovens. Acordei depois com uma dor intensa, mais abilolado do que lúcido. E procurei fugir o mais rápido da favela, por atraente que fosse seu povo. Levei comigo o pedaço da língua, que nenhum médico quis recompor. Todos cobravam fortunas, a não ser um colega meu, que tinha cursado o secundário comigo, e que nem quis me receber. Então apelei para o absurdo: exibir a língua na rua, para ver se o povo tinha compaixão. Logo choveram repórteres em cima de mim, perguntando como eu conseguia fazer aquela mágica. Uma televisão me pagou milhões, parece mentira, para eu dar uma entrevista no canal dela. Fui e milhares de mulheres me mandaram cartas. Uma coroa solitária, que tinha cortado o pênis do marido, que tinha estuprado a filha da empregada, que tinha transmitido sífilis ao boyzinho da casa, que tinha contaminado a freira-mor do colégio, que tinha desgraçado a vida santa do arcebispo, que deixou de ser o predileto do Papa, me propôs núpcias. Aceitei, pois nunca fui preconceituoso. Aceitei, desde que ela me amasse de todo coração. Mas aí minhas outras fãs, que eram multidões embriagadas, cercaram minha casa, uma senhora casa que tinha comprado na praia, para me ameaçar. Centenas de repórteres queriam documentar a tragédia e um deles descobriu que minha mágica era falsa. Minha língua era arrancada mesmo, e a televisão me processou por falsidade ideológica. As fãs sensacionalistas me desprezaram. Perdi a casa para pagar o processo e voltei à míngua. Mas sempre tem uma chance e triste de quem for pessimista nesse mundo. "A esperança é a última que morre." Li essa frase inesquecibilíssima, celebérrima, originalíssima, riquérrima, num livro de auto-ajuda de Pablo Cenoura, que um amigo meu me emprestara um dia, seis horas antes de se suicidar. Pablo Cenoura ensinava reconfortos da alma, segurança, amor próprio, usufrutos espirituais, lições tão humanas e sinceras, gratuitas, sem o menor interesse por trás. Tanto é, que um jornalista na época escreveu uma crônica árdua contra Pablo Cenoura e a namorada do suicida foi ao jornal defender o mago, dizendo que meu amigo era mesmo um fraco e não sabia enfrentar os problemas da vida. Com dois dias, ela foi interna na colônia, arrastando a mãe. O pai, muito mais seguro, homem exemplar, foi parar numa uti. Mas não morreu de fraqueza psicológica ou trauma, e sim de infecção hospitalar. Ora, a meu ver, Pablo Cenoura é um escritor exímio e cidadão honesto; é um sábio insigne e além da média dos homens; escreve as revelações que recebe para ajudar as pessoas; e não tem nada a ver que a prima da menina, que amava muito ela, tenha enlouquecido também; ou que a amante desta última, que tinha deixado o marido e os dois amantes por ela, tenha se matado em seguida. Devemos sempre lutar por bons caminhos, por isso aceitei a proposta da coroa e a família dela todinha quis me matar. A família dela era católica e não aceitava essa degeneração espiritual no seio dela. Eu passei a representar para eles a decadência, pois me acharam muito parecido com um tal de Macedo. Eu nem conhecia esse tal e a coroa me deu dinheiro para eu fazer uma plástica e recolocar a língua. Após as cirurgias, fiquei um dos maiores galãs da cidade e voltei a receber cartas de todo canto. Ainda bem que minha coroa, muito graciosa, não era ciumenta, desde que eu ficasse só lendo as cartas e não respondesse. Obedeci. Vivemos luas-de-mel gostosésimas, muito champagne, muito peru pra ela, muita fruta de rico, os dias mais gloriosos para um homem comum. Um dia fui eleito o mais belo parceiro do bairro e a comunidade toda, paga pela minha coroa, me consagrou. Eu não podia acreditar que estava saindo da miséria para a própria redenção, a não ser que acreditasse na verdade do mago. Assim, comprei todos os seiscentos e sessenta e seis livros de Pablo Cenoura e devorei as orelhas, junto com a coroa, no apartamento da praia, na vida mais confortável e ociosa que se pode imaginar. Quando mataram o delegado Delgado, fiquei de olhos abertos, porque o seu sucessor também foi morto. Aparentemente isso não tinha nada comigo. Mas o único problema de minha vida com a coroa continuava sendo a família dela, que se juntou a mais duas do interior, inimigas desde 1532, unicamente para ver se me davam fim. Não deram e compraram o delegado Delgado, para ver se ele me exterminava mais cedo. Delgado, recém-formado em direito, com doutorado em Coimbra e pós-doutorado no Vaticano, especialista em direito romano e cidadania, não quis arriscar tão belo currículo. Tanto é, que botou a propina das famílias na Suíça e denunciou-as por tentativa de suborno. Aí acabou sendo morto pelo sucessor, que recebeu a grana das três famílias e só foi morto depois, por razões ainda desconhecidas. Eu, particularmente, duvido que essa maldade toda ocorra dentro da polícia. Deve ter alguma máfia por aí que faz isso, corrompe alguns policiais, pensando que vai escapar da justiça de Deus. Ela pode até escapar da justiça dos homens, que é falha. Mas quero ver ela ser punida. Então, pelas lições que vinha lendo, decidi me prevenir. O sucessor do sucessor, que não foi morto como os dois outros, mas apenas dado como desaparecido, decidiu fazer um expurgo na polícia, o que achei profundamente injusto. Ora, a polícia, ao longo dos séculos, vem prestando os melhores serviços à sociedade brasileira, que só chegou ao que chegou graças às Forças Armadas. Não tem sentido um carinha qualquer querer expurgar a pobrezinha, só porque ela não tem o poder do Exército. Eu discutia isso diariamente com minha coroa, que já nem me ouvia, tal era sua obesidade. A gordura estava invadindo os ouvidos dela, os meus também, e a cada dia a gente se enjoava mais. Quando falei em divórcio, ela não fez questão de avançar pra cima de mim com uma faca: avançou com duas. E só não me perfurou porque uns tiros abateram ela, vindos de fora. Sem dúvida eram dirigidos contra mim, a mando das famílias. Mas, como havíamos trocado de posição durante a discussão sobre o divórcio, ela foi mais feliz. Caiu no chão com um livro de Pablo Cenoura, que falava da imortalidade do casamento e da capacidade humana de perdoar. Corri apavorado do apartamento e o síndico, com outros, me pegou. Chamaram a polícia, fui preso em flagrante e apanhei a noite todinha na cela. O mandachuva da prisão, ordenando que os outros presos saíssem de cima de mim, resolveu matar sua carência comigo. Acordei todo doído entre as nádegas, todo mundo mangando de mim e dizendo que agora eu era goiaba. No outro dia descobriram que era impossível eu ter matado a coroa; o médico legista disse que não tinha marcas minhas na metralhadora, que nem sequer foi achada; que a posição das quarenta e três balas, que tinham atingido também a medula de um rapaz vizinho, professor de educação física, que estava aprontando as malas para um campeonato internacional, era incompatível com a minha posição no apartamento. Tinham encontrado marcas dos meus pés, mas isso não tinha valor legal. No máximo eu era suspeito; podia ser chamado a qualquer momento para depor; e não podia sair da cidade, a segunda mais verde do mundo.

Mas saí. Viajei para São Paulo para ter mais conforto. Já na entrada vi paisagens muito agradáveis. Pessoas educadas, gentis. Ninguém pedia nada a ninguém sem dizer por favor. Todos se respeitavam. Na cidade fiquei encantado com a sinalização, o respeito pelos pedestres, a atuação da polícia, o apego do povo ao trabalho. Não era aquela metrópole desastrosa que a televisão mostrava. Dava pra viver com toda tranqüilidade. Era um nível de civilização muito além do nosso. Quando o ônibus desceu na Estação Tietê, ninguém pôde mais sair da rodoviária. A Rota tinha cercado tudo, em doze quarteirões. Estava havendo uma rebelião no Carandiru, que poderia se espalhar por toda a região norte. E a negociação com os presos não estava sendo fácil. As quinhentas facções da Falange Roxa tinham cada uma seu comando. Estavam reclamando de superlotação, cerca de trinta a trinta e cinco para uma cela de seis. Os presos eram obrigados a dormir em pé, se revezando com os outros. Rebelaram-se e fizeram de refém um cardeal que estava de visita. Exigiam a presença do governador para um diálogo unilateral, dos dois lados. Mas o maior problema era quem ia conduzir a rebelião. Duzentas outras facções, de outra gangue, pegaram carona na Falange Roxa. Outras cento e cinqüenta não apoiaram, achando que tinham outros métodos para pressionar o governador. Eram as facções mais moderadas e democráticas. Segundo elas, não era necessário incendiar a prisão toda, mas só a parte da frente, para atingir as ruas. Nem era preciso estrangular todos os funcionários de uma vez, mas cada qual em hora certa. Como todos iam morrer mesmo, deveriam morrer com dignidade. Eu consegui, com astúcia, furar o cerco da polícia, e fiquei espantado na frente do Carandiru: uma parte muito grande da população chorando e instigando massacre. Taxistas, mendigos, lojistas, exigiam execução imediata dos rebelados. E a polícia, apoiada mas insultada, expulsou todos da frente do presídio com cacetete. Então alguns deles reverteram o apoio. Apanharam mais ainda. Um velho notou que eu estava me fazendo de aleijado, me elogiou e me chamou para o circo dele. Fui. Eu pensava que era para trabalhar como palhaço, mas não era. Era pra fazer a limpeza das jaulas e mesmo assim eu topei. Ele estava me pagando quatro reais por dia, pela limpeza de umas oitenta crias. Não era um trabalho tão exaustivo. E era divertido. Três ex-funcionários dele já tinham sido engolidos pelos leões, mantidos a pão e circo. Mas isso era o mínimo. Por duas semanas o velho não me pagou e eu fui me enfurecendo. O palhaço dele, que morava também numa jaula, morreu um dia de fome. E eu tive que substituí-lo à força, naquele cirquinho de quinta. A platéia me detestou e o velho me mandou embora. Fui cobrar meus trocados, entrei na sala do velho e já era outro! Aquele primeiro, que me conheceu nas portas de Carandiru, tinha falido. Esse segundo tinha comprado a carcaça do circo e prometeu me promover, se eu não cobrasse nada. Saí de lá à procura de justiça, mas não tinha como provar nada. Nem me deixaram entrar no tribunal, por causa da confusão: um juiz tinha nomeado noventa e oito parentes seus, todos competentes, e estava sendo interrogado. Desse tanto, apenas oito tinham salários superiores ao do governador, o que o juiz provava com furor. Os outros noventa recebiam cinco por cento a menos. Das quarenta e três secretárias do juiz, quarenta tinham abandonado o curso superior, por motivo de gravidez, e ganhavam acima dos desembargadores. Maior parte dos nomeados nunca tinha assinado o ponto, o que deveria ser uma mentira genial. Me deu fome e eu fui lanchar na cantina ao lado: era de uma sobrinha do juiz. Precisei ir ao banheiro: os processos estavam amontoados lá. Aí uns guardas me perseguiram, como se eu fosse alterar os majestosos processos. Pulei para uma casa vizinha, que abrigava uma família de espíritas. Eles estavam fazendo uma corrente de fé quando me viram e me receberam com toda gentileza. Vibraram de alegria, pois eu era a comprovação das previsões deles. Um milionário já morto ia aparecer em breve, em forma de homem simples, para dizer a eles como era o tratamento dado aos ricos no outro mundo. Eles se aproximaram, me tocaram, fizeram perguntas. A mais simples era se eu continuava homossexual em outra dimensão. Outra foi se eu não me arrependia de ter asilado minha mãe, quando peguei ela na cama, já bem velhinha, com meu irmão menor. Ainda queriam saber como estava meu irmão lá em cima, depois do escândalo na imprensa e da repercussão nas empresas. E que castigo estava sofrendo minha cunhada, pelo que fizera com meu irmão. Respondi que não sabia de nada e eles concluíram que tinham que rezar mais, para terem acesso a mim. Rezaram mais, dobraram as perguntas, decidi responder todas. À medida que ia respondendo, ia acrescentando que o mal de tudo não era a ação em si, mas a riqueza. Era o excesso de riqueza que levava ao egoísmo e à irracionalidade, desprezando as relações humanas e afetivas. Assim, a reação contra mim foi odiosa. Me chamaram de espírito comunista e que nunca mais eu aparecesse ali. Antes que me agredissem, procurei saída. A única era a que dava para o tribunal, onde tinham descoberto mais nomeações do juiz. Os deputados envolvidos no interrogatório eram todos íntegros: estavam todos indignados com a ameaça de prisão do juiz, que poderia denunciá-los também. Um senador de minha terra, Vital Claro, acusou o juiz de estar usando a lei em causa própria, o que, infelizmente, não era permitido para os senadores. O sonho dele era estender este direito ao senado, para a lei, finalmente, ser igual para todos. Vital Claro não tinha em seu gabinete nem a metade dos familiares do juiz e se sentia perseguido. Eu fiquei do lado dele, pois o ideal era nivelar tudo. Mal expus essa idéia, uns partidários fanáticos do juiz, enraivecidos porque não iam se aposentar mais com trinta anos de idade, me violentaram. Acordei num hospital de periferia, entre a morte e a vida, e a enfermeira, que veio me assistir, parou de transar com o médico na outra sala. Chegou perto de mim às pressas, já com a papelada de saída, para eu assinar e dar no pé. Talvez só tivesse passado ali um turno, ou talvez um dia, e na ficha tinha oito meses; não botaram meia polegada de esparadrapo na minha cabeça e tinha lá anotado um transplante de cérebro. O médico esclareceu a gravidade de meu estado e elogiou minha notável capacidade de recuperação. Me mostrou as radiografias do cérebro velho, os cortes já cicatrizados, a extraordinária adaptabilidade do cérebro novo. Ficou espantado com os meus cabelos, que cresceram tão rápido, pois não fazia cinco minutos que tinha terminado a cirurgia. Falou ainda do interesse internacional despertado pelo meu caso, pois universidades do mundo inteiro queriam estudar minha composição orgânica. Aí, saindo do hospital, grato pela simpatia e dedicação do médico, senhor de uma abnegação quase extinta, aconteceu um problema. Um motorista de caminhão, desses bem ignorantes, chegou lá insultando o médico, só porque o coitado tinha feito uma cesária nele. Não fiquei para ver aquele estúpido, que sem dúvida estava inventando coisas. Decerto não queria assumir sua realidade e estava fazendo bicho de sete cabeças. Mas o motorista estava tão irritado, e falando tão alto, que eu ainda pude ouvir uma reclamação sem sentido: não podia mais arrumar emprego porque, de acordo com a ficha, ele tinha morrido de parto. Eu tinha muito o que fazer e embarquei para a Praça da República, onde tudo era mais calmo. A primeira coisa que me sucedeu foi um mendigo me oferecer bolinhas de droga. Podia ser um policial disfarçado, ou um traficante, ou um mendigo mesmo. De qualquer maneira, aceitando ou não, eu estava ferrado. Era melhor aceitar. Ele pediu a senha. Eu não tinha. Assobiou e uma leva de outros idênticos, com a mesma barba piolhenta, vieram se vingar de mim. Me acusavam de ser o sargento Bolão, que encanou tudinho uma noite e despejou no Tietê. Neguei e eles acreditaram mais ainda, pela semelhança da fala. Quem me socorreu foi a Rota, que perguntou se eu não tinha vergonha de distribuir bolinhas para aqueles miseráveis. Mas, como não tinham prova concreta, revistaram só meus bolsos. Me fizeram engolir as poucas moedas que tinha, o que foi, de alguma forma, vantajoso. E eles saíram apitando, e eu à procura de marginais que me defendessem. Ou que pelo menos me dessem uma ajuda. Sem rumo, parei no bairro do Morumbi, em frente a uma igreja nova. Era a Igreja Municipal dos Nobres de Jesus, que vinha crescendo no Brasil e no mundo. Estava assustando o Vaticano, que nunca assustou ninguém nos últimos mil e quinhentos anos. Um bispo da Municipal notou que eu era ideal para atirar no Papa. Maltrapilho, mutilado, ninguém ia duvidar de mim. E eu tinha um perfil de terrorista turco. Eles já estavam com o número da minha conta na Suíça, que abriram por telefone. O preço do tiro era irresistível e eu estava precisando de uns trocados para a pensão. Mas como é que eu, formado em letras e filosofia, podia ter o espírito corrompido? Não aceitei a santa proposta e eles me fizeram outra: "Que tal ir à televisão, todo de paletó, dar um chute em Nossa Senhora da Aparecida?" Não quis a missão, por mais pacífica que fosse. Então chamaram a polícia, dizendo que eu era um fanático católico a vandalizar a missa deles. A massa de convertidos ia pular em cima de mim, mas graças a Deus a polícia chegou a tempo para me prender. Mesmo com os pés quase inúteis, corri o mais que pude e de repente me vi numa rua calma, cheia de casarões, com câmeras em cima dos muros. Aí comecei a brincar: eu andava prum lado, a câmera também; pro outro, a câmera também, como menino besta. De dentro da mansão, de repente, surgiram seguranças armados. Levaram-me para dentro e o milionário caiu no choro quando me viu: "Pelo amor de Deus, como é que pode? Foi esse homem que me salvou!" E me encheu de beijos e abraços e me ofereceu metade da herança dele. A outra metade ia ficar para a polícia de Israel, para ela continuar caçando criminosos nazistas. O velho pulava de alegria, pois seria o homem mais infeliz do século vinte se morresse sem me rever. Me mostrou a cicatriz do seu número no braço: 5.979.813. Eram os vestígios da crueldade mais refinada da história. E até então não compreendia como um homem como eu, empresário alemão, no meio de uma guerra, tinha coragem de se arriscar salvando judeus. Aquele velho devia estar delirando, mas era tarde e perigoso replicar. Eu ia ser rico a partir de agora, com metade da riqueza do sobrevivente de Treblinka, imaginem! Ele ligou para toda a comunidade judaica, que me ofereceu uma tremenda festa em homenagem à solidariedade. E que eu servisse de exemplo à humanidade, pois nos piores momentos ainda podia haver senso de justiça. A festa eu nem consigo descrever aqui, porque seria outra lição de auto-ajuda. Era tanto conforto, tanta fartura, tanta gente me admirando e pedindo autógrafo, tanta garotinha linda e rica me propondo casamento, que acabei dormindo de exaustão. Acordei com uma notícia fantástica: o primeiro-ministro de Israel estava vindo a São Paulo só para me consagrar com uma medalha de ouro assinada pelo seu povo. Ele pensou até em me indicar para o Nobel da Paz, mas recuou um pouco quando me viu. Ficou vermelho de fúria e gritou para todos: "Este homem foi chefe de um campo de concentração em 44 na Ucrânia! Foi ele que organizou a Marcha da Morte, todos nós nus, em pleno gelo, fugindo das tropas de Zhukov! Eu estava lá, seu criminoso! Se lembra disso?" E me mostrou o número no braço: 5.979.814. E enfatizou: "Isso ainda não está cicatrizado em nossa memória!" Todos aderiram ao primeiro-ministro, que ia pedir minha extradição para Israel. O dono da mansão cuspiu na minha cara e o

resto saiu de lá vomitando. Além de perder o prestígio mundial e a indicação para Estocolmo, ia perder a medalha de ouro e metade da riqueza do velho. E a outra metade ia servir para a polícia de Israel me capturar. Aí eu tive que reagir: fiz uns cálculos e mostrei que era impossível eu ser da década de 40 e continuar com a mesma cara. Ao que o primeiro ministro respondeu: "Deve ter feito plástica com Mengele". Se não tivesse feito, ia ser preso como impostor, pois não tinha usado os cálculos para recusar a herança do velho. E como é que eu, formado em letras e filosofia, poderia ter o espírito corrompido? Aqueles judeus bondosos, que estavam financiando, com seus bancos, guerras tipo Irã x Iraque, viram no final que eu não era tão mau. E que poderiam perder dinheiro se eu recorresse à justiça, que eles jamais adulteraram. Um deles foi até moderado, dizendo que eu era, no máximo, um terrorista árabe. Mas preferiram me soltar, não antes de mandarem os seguranças me cacetear. Finalmente, abandonado no centro de São Paulo, comecei a ter saudade da minha terra, que era muito pior. Ia pedir esmolas para comprar uma passagem para o Exterior, quando caí inutilizado entre mendigos que me repugnaram. Arrumei um jornal velho para me cobrir e li nele: "Mil e duzentas prostitutas enforcadas em Teerã/ Oitocentos curdos fuzilados no norte do Iraque/ Máfia russa controla arsenal atômico/ Guerras tribais na África deixam um saldo de quinhentos mil mortos, fora os mutilados/ Guerras religiosas no Oriente Médio deixam um saldo de quinhentos mil mutilados, fora os mortos/ Cientistas americanos querem privatizar o DNA/ Cresce suicídio no Japão aos oito anos de idade/ Veterano da guerra do Vietnã metralha duzentas pessoas numa pizzaria em Chicago/ Tigres Asiáticos querem se militarizar para enfrentar os EUA/ Historiadores alemães provam que o holocausto foi uma farsa/ Doze golpes militares na Bolívia no mesmo dia/ Trânsito da Cidade do México mata mais que todas as ditaduras/ Novas suspeitas sobre o curto reinado de João Paulo I/ Direita francesa persegue turcos e hindus/ China triplica exército/ Ex-padres esfolam duas freiras na Basílica de São Pedro/ Júlio Iglesias já vendeu dois bilhões de discos/ O próximo disco de Roberto Carlos já está esgotado/ Em Brasília..."
Para procurar emprego no outro dia, me cobri com o jornal e dormi em paz.

DIAS CONTADOS

A Magali

Fui empregado do Dr. Dias e tenho toda autoridade para relatar esta fábula. É a história humana mais linda que se pode conceber. O mais puro e exemplar dos exemplos. Não há exageros, mas tudo na medida exata. Não há imaginação, pois não há necessidade dessa pobreza.

Dr. Dias era homem bem-sucedido. Além de químico, cientista da USP e de renome internacional, tinha prosperado com fabricação de brinquedos. Morava num casarão no Butantã, onde trabalhei dezoito anos e fui aposentado por ele, antes do tempo, com todas as vantagens e direitos. Tão diferente de outros, me permitiu, como aos demais empregados, estudar. Com isso, ganhava a simpatia da gente e de todo mundo. Seu único infortúnio tinha sido a morte da esposa, inexplicável, com o corpo secando e a vista embaçada. Quando ela fechou os olhos, em dezembro de 95, noite de Natal, Dr. Dias se apagou pelo menos por um ano. Só teve ânimos no Natal seguinte, quando voltou a distribuir brinquedos em bairros pobres da zona leste. Mas já não era o mesmo: tinha criado, pela tristeza, pó de leite nos olhos; e eu tive que guiá-lo pelas favelas.

Havia entre as crianças pobres uma que chamou a atenção do Dr. Dias. Embora já não enxergasse, notou que ela era a mais triste; a mais descuidada; a mais abandonada; sem nem sequer pai e mãe para maltratar. Ele pegou a menininha nos braços, levou-a para casa, legalizou-a. Ela passou, em poucos meses, de atrofiada a um porte admirável, pele lisíssima de fada, olhos irradiando vivacidade, pernas torneadas por um semideus da arquitetura, cabelos em ondas angelicais, dentes talhados em marfim, toda uma singularidade irreprodutível.

Um dia, quando ela completou dezessete anos, Dr. Dias não se conteve. Reuniu a família, inclusive eu, e distribuiu para cada um uma cartinha. Todos nós lemos, ficamos um pouco chocados, mas não achamos nenhum escândalo na carta, nenhuma blasfêmia nas escrituras. Eram frases de uma sinceridade terrível, a verdade última do Dr. Dias, irrecusável por qualquer mortal de bom senso. Mas podíamos discutir e não discutimos; concordamos integralmente com sua proposta, que escandalizou os corações de fascínio.

Só quem não estava presente na reunião era a fada, que logo foi introduzida na sala com vestido de noiva. Petrificada de felicidade, ela sorria com vibração para o noivo e a família, que ela ia, a partir de agora, administrar. Era normal que viessem dormindo há muitas noites e brotasse entre eles o mais sincero sentimento do mundo. Paixão que escancara e assalta a alma, fazendo a mendiga razão de refém, mas paixão bem encaminhada e convertida em alegria geral.

Ora, mal a fada dera sinal de gravidez, a família inteira, junto com outros membros, colegas da Universidade e trabalhadores da fábrica, se reuniram para comemorar. Armou-se uma mesa de mais de cem metros, com umas trezentas pernas, todas rodeadas de flores. Feixes de bonina, carinho-de-mãe, flores tropicais e amazônicas, mediterrâneas e asiáticas, tulipas canadenses, cravos africanos, delicadas, violetas, bourgainvilles, dálias, lírios exuberantes, orquídeas raríssimas, ao todo mais de duas mil espécies circundando a mesa e as cadeiras, liberando um cheiro insuportavelmente gostoso. A fina flor do mundo concentrava-se ali. O cerne da beleza do globo, reunido num conjunto que os deuses antigos não tiveram, transmigrou para lá, subjugando o resto do mundo. Tudo virou secundário diante de tanta exorbitância. As próprias flores, entre si, pareciam se estranhar, tão difícil, talvez uma em milhões de eras, era aquela assembléia multicor. Dos banquetes que presenciei, este foi o segundo mais fabuloso, só perdendo mesmo para o do nascimento do menino, Said, numa noite de Natal. Said pareceu uma vingança contra Herodes, porque até o berço dele, todo de ouro, talhado rigorosamente a mão, foi exibido como a manjedoura mais perfeita do mundo.

Já disseram por aí que todo bem tem seu mal. Ou seus males. Este não teve. O menino nasceu intacto. Não herdou a cegueira do pai, que os médicos diziam ser de fundo emocional. De contornos divinos, como que parido do ventre de Deus, o bebê, extremamente chorão, era acariciado pelo Dr. Dias, que também chorava lágrimas de menino bobão. As pessoas do hospital nunca receberam tantos presentes, do dia da gênese à volta da mãe para casa.

E este dia foi uma rebelião dos prisioneiros da felicidade. A casa estava encharcada de adornos encantatórios em todas as minúcias. O quarto parecia roubado de antigos czares, de tanta extravagância e desprezo pelo mundo lá fora. Não se olhava para um ponto que não tivesse sido artesanado; um detalhe que não tivesse destaque; um milímetro que não tivesse seu impacto. Inúmeros vínculos de arte e criatividade iam dos mosaicos ao teto, das paredes às paredes, sem a mais microscópica lacuna. Os móveis tinham sido renovados por pedidos de importação. O banheiro era a mais magistral das pequenas construções, remodelado em tudo, higienizado por um dilúvio de perfumes, e até as duchas pareciam ter ligação direta com o Jordão. Quando ela entrou no quarto, imaginem a invasão de privacidade! Que coisa estúpida a família estar toda ali para lhe dar não um banho de pétalas, como se faz vulgarmente, mas só de gineceus de jasmim. O bairro em peso foi com presentes visitá-los, como reis magos multiplicados. Traziam mensagens não de perseguição e massacres, mas de uma vida duradoura. Uma delicadeza de tal plenitude, que só podia terminar em reação incontrolável. Era se como cristalizássemos a paz e a perfeição, como se ressacralizássemos o mundo.

Nesse dia, a realização humana, sonhada há milênios, só não foi absoluta porque a mãe fugiu de casa, deixando no quarto a aliança. Dr. Dias colocou o anúncio nos jornais, na televisão, nos quatro cantos da Terra. Ofereceu milhões a quem descobrisse sua princesa. Armou uma rede de auxiliares, com salários bárbaros, para procurá-la. Como podia ser enganado, resolveu ir comigo às favelas, testando a aliança nas mulheres. Mão a mão, atravessou noites e dias, no maior teste de sua vida. Era movido por um amor tão grande, que visitou cinco milhões de casebres na Grande São Paulo, sem que um único dedo coubesse na aliança! Num deles, exatamente o último, encontrou sua fada! O dedinho, o mais bem-talhado da evolução, coube com exatidão no orifício de ouro, que voltou a flamejar. Os corações se aceleraram, lágrimas e sorrisos e gritos se fundiram, como uma fusão nuclear de intensidade incalculável.

Reconduzida ao seu quarto, descansou uns dias. Psicólogos explicaram que ela, pela origem paupérrima, pela herança crônica da carência, não estava aceitando, lá dentro, a extrema ventura do filho e resolveu rejeitá-lo; mas que era recalque passageiro. De fato, de volta a casa, arrodeada de solidariedade, logo se reintegrou ao filho e ao amor do Dr. Dias, que não tinha igual no chão do planeta. Ele pediu desculpas a ela por alguma falha e dobrou o conforto da casa. Ordenou aos criados, inclusive a mim, que tudo para ela fosse traduzido em carinho, tudo encarnasse os ossos do encanto. Tudo, do mais extenso aos pormenores, por menores que fossem.

Cada vez mais feliz, ela passou três meses dando de mamar à mais acabada das formas de Deus. Três meses, em minutos de satisfação inesgotável com a vida. Três meses, até descobrir bloquinhos de leite nas pupilas do pupilo. Ela mesma, aos poucos, já não enxergava bem o filho. E ambos começaram a secar... Dr. Dias morreu dias depois, exatamente como a esposa: a língua de fora, respiração péssima, paladar inútil, os ossos aparecendo...

Tive que introduzir em meu relato, leitor querido, o inverossímil e o absurdo. Peço desculpas por transmitir calamidades, depois de tanta harmonia; por te familiarizar com o abominável, depois de tanta doçura; por te jogar na cara uma coisa inexplicável, que é o sofrimento, depois do mais natural do mundo, que é a felicidade. Mas eu disse no início que era uma fábula.

KITARO PARA MAGÁ

A Beto Quirino, poeta do *Bolso de mortalha*

Vi no jornal de Sílvio Santos que Chico Buarque já ia ser avô. Quem diria, hem? Um moleque, um rapazote que deu trabalho aos generais, um dia desse, porra, agora avô. Távamos no teto da casa. Repousávamos no topo do apartamento. Bem em frente, aquela velha nojenta com suas musiquinhas de quinta. Magá queria que eu matasse Dona Golbéria. Engraçado, Magá, *Golbéria* não lembra o Golbery? Até nisso essa fela da puta é ingrata. Secamos umas duas palhetas. Magá queria que eu botasse nos canos. E eu fiz não pra mim não dá. Minha órbita é outra. E ela já tava botando nos canos. Não impedi. Cansei de dizer que nos canos é cachorro brabo. Não tem espera, é osso de general. Fivela de sargento. Pela venta é diferente e Magá sabia disso. É mais vôo, mais astronauta passando. Peguei muitas vezes o rabo do Apollo XI. Mas desde o estribuchado de Candeias, no Recife, eu deixei de inchar os canos de picada. Já pelas crateras é aquela santa paz. Você suga e navega na cachoeira que quiser. Tem o primeiro impacto, cachorrinho latindo, formiguinha correndo em passeata, protestando, mas é demais. Com a queda do trono, depois é só leveza. Por fases. É, por fases, sacudindo devagarinho, arrastando na praia, ondinha sem sargaço. É um ciclo superlegal, as freiras passando e dando conselho, você só rindo delas, elas tirando as calças, rapaz, essas freiras devem enterrar mais do que a gente pensa. Em seguida, o Papa, as marchas, e aquele levantar pro céu que não tem quem freie. Depois volta pra ondinha, golfinho dando de mamar, marujo já oferecendo outra palheta. E as tatuagens, meu chapinha, de onde é que vêm tantas? É aquela carreira de monstrinhos atrás de você e você nunca chega na mancha, cara, tu pensa que chega na mancha? E o bom é não sentir peso nisso tudinho, só virando vento, levitando como um anjo desempregado. Será, Magá, que até no céu tem desemprego? Um dia desse eu acho que vi isso lá,

mas não deu pra ver direito não. E é porque foi nas crateras. Nos canos nem pensar. Esfola qualquer juízo. Nos canos é via embratel.
Dez horas. Dona Golbéria parou a radiola de merda. Apaguei a bosta quadrada. E Magá insistindo preu torar a velha da frente. Não tínhamos nada contra ela, só contra os gostos dela. Carai, por que ela não ouvia aquelas porras sozinha? Botamos bem baixinho um Hermeto, um Xangai, depois um Vital, um Quinteto, e chupamos tudo na cama.
Tivemos um sono muralha. Dormimos talvez um milhão de anos, como Alex, de *Laranja mecânica*, depois de tentar suicídio. E só acordamos com a zoada da frente, enchendo de ruindade os ouvidos da gente. Então, a gente mata ou não mata essa dadora de bruaca? As coisas não se resolvem assim, Magá. Eu vou pedir praquela chupadora de sebo baixar.
Magá me achou um trouxa e disparou. Tão alvoroçada, que esqueceu o sapato. Fiquei sozinho, carai, e como é duro, carai, ficar sozinho. Sozinho mesmo, zerado, prato lambido, pau fofo. Primeiro foi porque eu rejeitei botar nos canos. Depois, não ter enfrentado Dona Golbéria, que fazia de qualquer pica de touro sua garrafinha de lambedor. Ou então era uma suicida viva, carai, só pode ser, pra escutar aqueles peidos cantados. Vinha empestando a gente de brega já há uns dois anos, tolete eletrônico, já pensou onde a ciência chegou? Chico Buarque avô, eu estéril, agora sem Magá. Eu tinha que dar uma rodada na minha vida, nem que fosse de bolsinha, pra acabar de dar o barbudo ao sistema.
Quando ia sair atrás de Magá, a velha vinha saindo do ninho dela. Parecia uma limpadora de pocilga, o cérebro cheio de pinicos, e no entanto sorria. Disse que ia comprar ingressos pro show de um tal de Príncipe e perguntou pela namorada.
— Já foi. Mas deixou dois discos pra senhora. Pode entrar, Dona Golbéria, a casa é sua.
Arrastei a lambe-jumento pra dentro. Disse que eram discos de duplas sertanejas e do Príncipe, que ela curtia o dia todinho. Então ela ficou maravilhada. Caiu na ratoeira, tranquei a porta e enchi ela de bofetes. A espalha-bosta estranhou e quis gritar, mas logo apagou. Quando acordou, já tava no ponto: toda amarradinha, sentadinha, a boca entupida, como filme de seqüestro. Inda bem que ninguém viu lá fora e ela morava só. Era viúva de um coronel linha dura que tinha sustentado Médici. Mas o problema não era esse. A ditadura já tava

no vaso e a velhota em si não tinha culpa de nada. Era até simpática e eu bati muitas pra filha dela, que vez em quando pintava lá.

Abri a porta, olhei devagar: ninguém. Terminei de fechar o esconderijo da velha, peguei as chaves e ela agora ia ver o que era música.

— Por causa da senhora, Dona Golbéria, é que Magá arredou. E eu não agüento ficar só mais não. Sou veterano de guerra e não suporto conviver com sombras. Preciso de carne pra amaciar e a minha deixou o mercado. Ela toda vez se inferniza com essas músicas tronchas que a senhora bota bem alto.

Enquanto falava, preparava um disco decente pro espantalho ouvir. Aí baixou a dúvida, que é foda. Primeiro pensei em "Assum preto", no arranjo do Quinteto ou de Badi Assad, que Magazinha adorava. A velha ia viajar demais naquelas imitações de pássaro. Depois pensei num Trio Nordestino, o Lindu, o Cobrinha e o Coroné, que eu tinha visto em Caruaru tocar sanfona de costas! "Flores astrais", do João Ricardo e Apolinário, porra, onde é que se meteram essas potências, que sumiço, hem? Ainda peguei um Noel, passeei nos clássicos, as Bachianas, carai, a Serenata de Schubert, não me decidi. Peguei um Zé Ramalho, uma "Ave de prata", com a Elbinha, que voz, hem? Um Geraldinho, um "Bicho de sete cabeças", aquela só instrumental, puta merda, ali é pra Nossa Senhora ouvir e quebrar harpa de anjo. "Terra", do Caetano, "Saga da Amazônia", do Vital, depois dessas eles podem guardar a morte no bolso. "Bandolero", na voz do Ney, com pérolas na garganta, ali é pra arrombar calcinha de santa. Peguei "Construção", do Vovô, seguida de "Deus lhe pague". Só mesmo Deus dizendo a Moisés: "Eu sou quem sou". E Moisés com o boga na mão. É o máximo da graça, cara, mas nem isso bateu de vez. Debulhei contemporâneos, experimentais, voltei aos clássicos, nada. Cada uma era melhor do que outra, em qualquer ordem. E todas queriam estrangular os tímpanos daquela bundeira, que até na rodela anciã tinha os gostos de zé-povinho. Catei, catei, nada. Até que a sentença da velha foi irrecorrível: Kitaro! Magá gostava dos talentos tropicais, ocidentais, locais, mas tinha opinião de ferro: música nenhuma no mundo ia suplantar "Caravansary". Eu nunca concordei. Achava até enjoadinha. Mas Magá é Magá. E ia voltar pra mim correndo quando eu lhe dissesse como foi a crucificação da quenga do Príncipe.

Programei "Caravansary", não mais que "Caravansary", pra

empanzinar a escrotinha o dia todo. Meio-dia eu tava de volta, com minha Cinderela, e a gente ia passar mais umas horas mangando dela. Depois, se desse caso, eu inventava história. Afinal, eu tava na minha casa e eu tô pra ver se ela tinha coragem de chamar a polícia. Agora, que Magá queria que eu provasse na velha um paletó de madeira, queria. Mas eu sou de 68, não dá pé.

Tirei a velha da cadeira e botei na minha cama. O corpo dela era de quem tinha trepado com Miquerinos. Pelanca sobrando, como se nunca tivesse feito exercício com o coronel. Vai ver que o coronel era distribuidor de bozó e arrotava grito pros soldados, como aquele sargentão de Caio Fernando Abreu.

Ela ficou estiradinha, com a cabeça comprimida entre duas caixas de som de acordar defunto.

Saí.

Fui resolver umas coisas na Universidade. Magá pensou muito alto. Eu não tinha vocação pra assassino. Lutei contra os algozes, rapaz, não dá. Tá certo que desbundei, compactuei com a burguesia. Mas virar monstro nem pensar.

Resolvi coisas de rotina. Fui pruma palestra de Jacob Gorender, um monumento vivo, que velhinho lúcido, carai, sobre as guerrilhas. Depois, no Bar da Barreira, Beto quase me empacota:

— Quero me meter não, Viquinho, mas eu acho que amigo é amigo.

— Desembucha logo, Beto, é alguma coisa do curso? Tá reprovado? Deixe que eu dou um jeito. Quem tem mais moral do que eu no Departamento de Música? Pode ficar...

— Porra de curso, rapaz, pisa no chão! Vi Magali hoje com outro cara. Ia numa boa ali pela 230. De bugre. Daí tu imagina pronde ela foi.

A tristeza foi degoladora. A 230 tinha uns duzentos e trinta motéis. E Magá não ia pregar teologia da libertação. Ou ia, em outros termos, com outros meios, o que foi mais picante ainda. Fiz de tudo pro choro ficar de castiguinho, no cantinho do olho.

— Qué que tu acha que ela foi fazer, Beto? Pode dizer, não arrodeie.

— Sei não, mas acho que tu deu bobeira.

— Carai, pede mais duas aí, carai. Três. Quatro... Lutamos no Araguaia, carai, isso é inesquecível! E agora eu aqui com ciúme, carai, um sentimento burguês? Que vôo pra trás, carai, que avião troncho é esse? Victor, líder guerrilheiro, tá aqui hoje nesse esgoto?

Devo ter entrado pela noite na bebida e falando sozinho. Rodei a BR toda atrás da bichinha, que, mesmo tendo feito, eu perdoava, carai, o culpado era eu mesmo. Que ideal restava pra mim? Falar em ideal era dar uma de imbecil, todo mundo mangava. Tudo falido, não se via um movimento na rua, tudo era dinheiro, dinheiro, até os mais pobres queriam ser capitalistas! Porra, eu sou um derrotado histórico, mas perder Magá? Era perder a última conquista de 68. E não era melancolia, carai, era amor mesmo, por mais que isso não exista. Magá, com aquele pipio de erigir santo, com aquela cabeça que era um arquivo de bons gostos, porra, com outro cara na cama! Vai ver que era um boyzinho, desses de praia, que nunca ouviu falar de 68, que não completa uma frase, que é um bojo da televisão, que é um pentelho da burguesia, que não sabe o que é arte nem política, que não se lembra nem de quem chegou no Brasil em 1500, que tem memória histórica de dez segundos...

Dei outra volta na BR e ainda pensei em... não, ia ser mais idiota ainda! Passei em frente ao Forrock, lotado com o show do Príncipe! Tinha mulheres se rasgando pra entrar, outras esperneando, porque não tinha mais ingresso. Um bando de escravas, rapaz, todas ociosas, só tu vendo. Todas querendo ser executadas pelo Príncipe, que ainda ia se esforçar muito pra ser medíocre. Tudo com hidrofobia no pinguelo. Tavam tentando derrubar o presídio pra entrar à força, dá pra tu? E eram priquitinhas de ouro, rapaz, da praia, da favela não. Coroas bacanas, e os maridos uns xeletas, tudo querendo também dar o São Patrício ao Príncipe. Como é que pode, meu Deus, puta que O pariu? Um povo de grana alta, que podia tá navegando pelos melhores sons do mundo, e só faltando dar o zé-exige de bandeja ao Príncipe? Logo àquele Herodes, que matava música ainda no berço? Aquela que ele faz pra Nossa Senhora é genocídio sonoro. Uma calamidade celeste. Uma reza diabólica. Ali é pra Nossa Senhora ouvir e enfiar o microfone no cu dele. Ou então Ela é uma puta safada mesmo. Vai ver que Ela gostou.

Querido século vinte, que desfecho! Era o jeito voltar pra casa e cair chumbado na cama.

Foi aí, quase meia-noite, que me lembrei da velha! Quase todo o condomínio tava de pé, por causa de meu som. Crianças chorando, o síndico me repreendendo, a maior confusão. A multa ia ser braba, a antipatia dos outros pior. Tinha gente com espuma grossa pra cima de mim. Reconheci meu lapso, subi às pressas, desliguei o som. Ainda ficaram me gritando, mas graças ao Soberano ninguém falou da velha. Quando as línguas se acalmaram, fiquei pensando o que fazer com a defunta. Dona Miquerinas tinha travado geral, como um 286. Mas tinha morrido de emoção, com harmonia oriental nos ouvidos. Abri uma das caixas, botei a múmia dentro, toda enroladinha. Era o dia de folga do vigia, aquele 8 de março, que bom. Não se ouvia mais um piu, desci com a caixa. Andei quilômetros, como freteiro da morte, sem ninguém cruzar comigo. Perto do campo do Cu de Calango, altamente escuro e deserto, enterrei, entre lágrimas, a chupona do faraó. Depois esfacelei a caixa todinha e joguei em vários lixeiros do Cristo.

Quando voltei, imaginem quem me esperava na porta, com um canivete... Magá!

— Vai ou não vai apagar a piniqueira do Príncipe?

— Pelo amor de Deus, Magá, não soube da nova? Dona Golbéria se mudou. Foi agora de tarde. Muita gente pediu pra ela ficar, já pensou? Mas ela disse que ia pra terra do Príncipe.

— Tá brincando...

— Sério, pergunte a qualquer um. Guarde isso, somos de 68.

Ela me beijou aliviada. Um beijo de primeiro dia de namoro, bem antes do combate nas trevas.

— Guarde isso, entre e bora ouvir Kitaro bem baixinho.

DUAS CARAS

1. Retrato de Dulce

O amor espiritual é o único que merece crédito. Ricardo não acreditava nisso, até conhecer Dulce. Apaixonou-se imediatamente pela matéria dela. Pela carne. Assumidamente. Ele detestava hipocrisias poéticas. Vomitava sobre belezas interiores. Infernizava as angelicais. Perseguia as religiosas. E só inaugurava camas com modelos. Devorava-as onde houvesse carne. Odiava mulheres feias, mais ainda as horrorosas. E polemizava com os mentirosos. Beleza, só o que a gente vê, apalpa e engole. O resto é utopia de anjos frustrados.

Dulce tinha apenas dezessete anos, antes da catástrofe. Era um primor de elaboração, uma senha para a perfeição. Um degrau para o milagre, ainda que sua beleza, em nada, extrapolasse o talento da natureza. Era a tecnologia de Deus. Não que as outras modelos fossem feias ou incompletas. Mas não demonstravam, em seu conjunto, a harmonia de Dulce, os peitos florescidos em isósceles impecáveis, a barriguinha reta, as coxas torneadas por punhos de algum gênio de um único trabalho. Os dentes não tinham uma irregularidade, um risco manchado, e se expunham sem medo, em conjunto, em todos os risos. O rosto era detalhe à parte, se é que podemos chamar de detalhe aquilo que em si só é uma totalidade expressiva; o que mereceria descrição isolada, matéria de outra escrita. Nenhum retrato a reproduzia na íntegra: a incompetência da tecnologia do homem interferia para não corresponder ao seu todo. Êxito magnânimo da matéria, levava qualquer um a readmitir Deus, vendo nela um átomo do Desaparecido. Dulce ficou tão linda aos quinze anos, que o pai, não fosse homem íntegro, teria enricado só com a prostituição visual dela. O velho rejeitou todas as propostas de revistas, inclusive internacionais, para esboçar a nudez da filha. Ela não tinha nada contra, mas o pai queria que ela completasse os dezoito e aí sim faria o que quisesse.

Então Dulce contava nos dedos os dezoito anos. Dia após dia, riscava de seu calendário mais um número. Ia dormir contando carneirinhos, depois de rezar, para preservar a inocência e a infância. Seu quarto era um microcastelo de eras passadas, como se estivesse esperando Dom Quixote ou algum herói ainda mais notável. Por mais que fosse crescendo e naturalmente abandonando a ingenuidade, gostava de conservar esses símbolos. E dizia que ia infantilizar, na maturidade, o resto da vida: ia ganhar dinheiro como nunca, só ia perder a virgindade na lua-de-mel e criar os filhos num feudo próprio, trancafiados em ilusões, algemados em sonhos, para que nunca soubessem do mundo lá fora.

Assim era Dulce, que chegou aos dezessete já consagrada nos jornais. Saía em fotos leves, mostrando pontinhas dos pés, partes das coxas. A foto mais profana, na visão do pai, foi aquela do triângulo da bermuda, colocado em destaque na *Playboy*. O pai ia processar a revista, mas os efeitos do triângulo foram excelentes. A família logo se mudou de um bairro simples para o Cabo Branco e logo choveram entrevistas pagas no telhado de Dulce.

Assim era Dulce, até conhecer Ricardo.

No último dia dos seus dezessete, ocorreu a catástrofe.

Não abordarei a catástrofe agora, para não antecipar dissabores. Direi apenas que Ricardo não teve culpa e agiu por defesa. Ele tinha que se garantir, se prevenir, sobreviver. Sair da situação como saiu não foi violência. Foi antes precaução e dou toda razão a Ricardo.

O leitor, aos poucos, concordará comigo. Dulce provocou tudo. E assustou o rapaz como nunca. Amedrontado, teve que fazer o que fez, o que hás de ver. Mas... um pouco de paciência. Precipitar o desfecho é duplicar o apocalipse. É antepor de tal forma o caos final, que qualquer trombeta futura soará inútil. Só torno a dizer que Ricardo não agiu de má-fé. Não perdeu a integridade na decisão que tomou.

Antes de morrer, Dulce tornou-se a modelo mais bela de Ricardo. Ele a conheceu numa exposição em João Pessoa, no Cabo Dourado. Eleita a Princesa da Ponta Mais Oriental das Américas, recebeu um prêmio simbólico do Clube e o pedido de casamento do jovem milionário. Nem foi preciso subornar todos os jurados: a beleza dela convencia mesmo. Seu mais gracioso aspecto pode ser resumido assim:

À TUA VOZ

Não leias estes versos sem que os cantes.
Tua voz é pra mim a vida inteira
O balançar de uma sacola ostreira
Com milhões de pedrinhas de diamantes.
Mas antes que com a música me encantes
Encantado já estou. De uma barreira
Eu sou o chão e tu és a cachoeira
Que enche meu coração todos instantes.
Nossa primeira noite de namoro
Seja comemorada em grande coro
De esplendor, resplendor, fulgor, odor,
Para que nossos lábios se encontrando
Sejam duas estrelas se beijando
Numa infinita irradiação de amor.

Ricardo desengavetou esse soneto de suas lixeiras adolescentes. E nem dele era. Era de Arturinho, amigo dele, que tinha copiado de um livro vetusto. As meninas, na época, achavam o poema uma autêntica porcaria. Cada linha uma hemorragia sentimental, segundo outros. Os Neovetustos, reconhecidos planetariamente pela metalinguagem, consideraram o pior soneto da língua portuguesa; traduzido, envergonharia qualquer idioma, ainda que fosse o dos anjos. O mais radical dos Neovetustos, R. B. Neto, alertou os leitores contra a "catástrofe verbal". O que não deu em nada, pois ninguém leu o sapientíssimo e Dulce adorou o poema.

Mas veio a catástrofe.

Catástrofe, catástrofe, catástrofe.

Finalmente, um decassílabo perfeito, como era o corpo de Dulce. Seu rosto, absolutamente simétrico. Os cabelos não tinham uma única ondulação: eram simulacros dos fios de Vênus, para não dizer matrizes. Não a Vênus horrível de Botticelli, mas a que habitava em Dulce. As orelhinhas eram a medida exata da delicadeza. O nariz e os olhos constituíam o triângulo dos triângulos, acima da Trindade ou da vagina mais aristocrática que se pode idealizar, que era a dela mesma. As pupilas eram núcleos de pérolas limadas pelos deuses, não os decadentes da Grécia, mas aqueles imemoriais que a cada milhão de anos ressuscitam em fragmentos de pessoas especiais. O Primeiro

Criador, não o decadente da Bíblia, encaixou milímetros de eternidade nos poros dela: por microscópicos que fossem, soterravam qualquer temporalidade banal. Todas as catástrofes da história, do crime de Caim às crucificações romanas, das pestes epidêmicas aos chocolates distribuídos às crianças nas portas das câmaras de gás, tudo se amenizava no olhar de Dulce. Todos os sangramentos se neutralizavam diante dela, como se o tempo não nos legasse nenhuma ferida. Como se retornássemos a vidas pregressas em cadeia, até apagar o primeiro conflito. Uma compensação perfeita para as lesões dos milênios.

A bucetinha dela era mais macia que a de Nossa Senhora. Ricardo comeu ela muitas vezes e se sentiu no céu. O que mais o cativou foi a voz dela, uma síntese das vibrações harmônicas, inclusive as dos orgasmos de Deus, colhidas do útero do Universo. Era se como este, na explosão primeva, não tivesse tido barulho, espelhando-se na voz de Dulce. O Universo, então, era criação de Dulce e tudo o que há nele de soberbo era imitação precária dela.

Um dia Ricardo sentiu que Dulce não era só buceta. Queria casar com ela, ter filhos com ela, cultivá-la o resto da vida. A beleza carnal parecia-lhe agora um acidente. Pensou em enviar cartas sérias para os pais dela, contar tudo da intimidade deles. E a solução seria apressar o casamento e levar Dulce para São Paulo.

Pegou o avião. Estava pulando de alegria, porque o auge de sua carreira como modelista coincidia com um inesperado amor. Amor mesmo, de chegar e ficar, não casos passageiros. Era um rapaz belo, louro, olhos azuis, trinta e sete anos, solteiro. Vinha se dando bem na empresa de formação de meninas. Já tinha saído com inúmeras, sem qualquer problema, a não ser quando pediam a ele para casar. Mas faltava o amor. E amor, desde a adolescência, quando copiou aquele poema para outra garota, ele só voltou a sentir em Dulce. Algo assim tão extraordinário, que ele teve medo de ter a primeira derrota da vida não sendo aceito por Dulce. Pensava na doçura dela o tempo inteiro, escrevia versos infantis, se abestalhava. Espalhou para os amigos que ia ter agora uma esposa de verdade, o que ninguém acreditava.

Mas as alianças estavam compradas, tudo já combinado entre os dois. Só os pais dela não sabiam o que ela ia fazer no primeiro dia dos dezoito anos. Ricardo, contentíssimo, só estranhava um detalhe: há uma semana vinha ligando para Dulce, sem resposta. O telefone só dava ocupado. O jeito foi pegar o avião e acelerar o processo. Um ex-namorado estava assediando Dulce e isso poderia ser catastrófico para os três.

O avião desceu em Recife, para escala. Ricardo não suportou a massada e foi matar tempo no hall do aeroporto. Estava havendo a XVII Exposição de Artes Plásticas, no Guararapes. Com as alianças de ouro no bolso, importadas da Espanha, terra de seus ancestrais, não achava nenhum atrativo nos quadros, considerados os maiores do século vinte. Um deles era o *Retrato de Picasso*, de Salvador Dalí.

Ricardo ligou duas vezes mais para a casa de Dulce: não atenderam. Ligou de novo: estranho. Deu uma volta na Exposição, voltou a ver o quadro. Quadro desastroso, em homenagem a Picasso. Ligou mais uma vez: nada. Andou um pouco, foi lanchar, comprou palavra cruzada. As ânsias aumentaram: medo do ex-namorado de Dulce. E se ela desistisse? Mesmo com a lua-de-mel já marcada em Madrid? Ficou inquieto, começou a andar sem rumo. Dulce era dele, não tinha quem tomasse. Queria abrir logo o jogo com os velhos, para facilitar tudo. Nunca se amarrou numa menina como daquela vez. Sentia que era algo diferente, que inflamava, que provocava sonhos e orgasmos quase todas as noites, projetos para o futuro, passeios com ela por toda a Espanha. Iam conhecer a Mancha, descer à Cova de Montesinos para fazer amor na cripta de vidro, batalhar com moinhos de ternura, tomar banho em odres de vinho, derrotar o Cavaleiro dos Espelhos. Dom Quixote, diante das viagens deles, teria uma imaginação raquítica. Eles iriam granular o mundo de sonhos, disseminar moléculas de fantasias nos quatro mil cantos da Terra. Teceriam fiapos de alucinação nas pessoas mais tristes, para que nunca zerassem suas contas oníricas. Fariam do globo uma bolha de saliva de fadas, todas abortando pirilampos do céu da boca de Dulce. Exumariam, em corpos vibráteis, os mais insignes heróis da Espanha, enterrados com o Cavaleiro da Triste Figura ou nas historietas da avó. Depois ganhariam a Europa, abraçariam frações do planeta, as ilhas mais exóticas.

Ligou outra vez, não teve resposta, não agüentava mais a escala. Foi pedir informações sobre o horário do avião, quando cruzou outra vez com o quadro: uma figura repugnante, parida das entranhas demoníacas de Dalí. Aquilo não era Picasso, mas um monstro perfeito. Todos os seus pontos eram dignos de repúdio. Uma pedra de alicerce por cima da cabeça; uma peruca terrível, branca, separava a pedra dos miolos. Miolos visíveis, enroscados, desde a testa até o centro do cérebro; de perfil, não tinha olho, mas um buraco perfurado pela ponta do nariz, que se enroscava e se contraía nele; o rabo da peruca, por baixo, entrando na nuca, atravessando o pescoço e saindo pela boca em forma de colher comprida, com um violão na ponta côncava; a língua saindo mole da boca e fazendo sombra no queixo; o pescoço todo contraído, os músculos em alto relevo, sofrendo o peso opressor e os rasgões; e o colo mole, se derramando em dois peitos flácidos, com uma florzinha branca no meio.

2. Retrato de Picasso

Nesse ínterim, uma chuva pesada alagou Recife.

Ricardo foi pego de surpresa pela funcionária do aeroporto:

— Senhores passageiros, lamentamos informar que os vôos para João Pessoa estão cancelados. A chuva não permite boa visibilidade e a nossa companhia quer evitar desastres. Os senhores ficarão hospedados...

Ele emburacou às pressas num táxi para não perder Dulce para o ex. Dulce, o único amor espiritual de sua vida, já transcendia a matéria. Era Deus puro, sem concretude. Ele tinha ensinado a ela todas as carícias possíveis. Todos os beijos proibidos, as chupadas, as lambidas, as comidas, as depravações mais saborosas. Todas as posições, todos os bombardeios da buceta, todos os metralhamentos, todos os nomes feios na hora de trepar sem reservas. Dulce engolia a cabeça do pau dele e vomitava, varria tudo com a língua, engolia-lhe o bolo de gala; da mesma forma, as entranhas dela, sem exceção, eram sugadas pela garganta dele. Gozavam três, quatro vezes, em choques simultâneos. Transfundiam-se em corpo único, em 69s admiráveis. Trepadas antológicas já tinham virado filmes, álbuns inteiros, uma bíblia de prazeres que eles sempre reviam antes de nova investida. O primeiro, que é perigoso, não tinha tocado nela. Quem a transformou em sujeito do amor foi Ricardo, que lidava com Dulce como com nenhuma de antes. Achava fabuloso o dilatar das pupilas dela, a cada tensão, a cada chupada, a cada penetração. Nunca tinham caído em monotonia, revisitados por almas diferentes a cada encontro. Muitas vezes ele vinha a João Pessoa escondido, sem os velhos saberem, o que fazia do escondido uma revelação. Pelo menos por um ano ficaram assim, até Ricardo descobrir que ela não era apenas buceta. Ora, a buceta dela era a mais deliciosa das centenas que ele tinha provado. Uma buceta celestial, arrancada do corpo de Deus e implantada nela sem dor. Uma buceta bucetuda, que ele desbucetou muitas vezes, rebucetou em integração perfeita. Uma buceta cósmica, uma buceta buraco negro que absorvia tudo dele, uma buceta linha do equador, uma buceta eixo da Terra, uma buceta-meridiano, uma buceta-pirâmide, uma buceta-colosso, uma buceta-capela, uma buceta-catedral, uma buceta-firmamento, uma buceta curvatura einsteiniana, uma buceta centro de gravidade, uma buceta ptolomaica e copernicana, uma buceta síntese dos bens, a buceta das bucetas das bucetas.

Nenhuma palavra dessas agredia a consciência de Ricardo. Menos ainda o sentimento, que se refinou tanto, que sentia a transformação qualitativa. Toda a estrutura dela, de carne e ossos, era agora apenas contingência. Apenas um meio. A finalidade era o espírito. Ricardo sorria com isso, porque não acreditava que a caminho dos quarenta fosse cair na meninice. Dulce era ele, não tinha mais como fissar. A chuva ia diminuindo na BR e ele sentia em cada pingo um pingo de saliva dela, um pingo de seu líquido íntimo, um pingo do espírito em cachoeirinhas de alegria. Por mais que partisse das partes sensíveis dela, culminava na alma, que ele apalpava com os dedos da sua. Quanto mais o táxi avançava, mais ele se aproximava da felicidade com que não contava em sua vida capitalista. Já era capaz de renunciar a tudo para viver uma vida simples com Dulce, numa senhora casa espanhola ou onde quer que ela desejasse. Quanto tempo não perdeu com fama, dinheiro e falsos amores! Já não tinha a menor queda por outras mulheres, já tomava distância da sua academia. E pediu para o motorista correr mais rápido.

Pegou o celular e ligou outra vez: ocupado. Que vinha ocorrendo desde o aniversário de Dulce, que ele não conseguia contato? Quis puxar conversa com o motorista, confessar tudo a ele, mas era um protestante. Ficou sozinho, diminuído na BR, mas engrandecido na BR, quanto mais ela encurtava. Ocupado o fone outra vez, por quê? Sentia-se um reator de tensões, prestes a um cataclismo de doçura. Era Dulce crescendo dentro dele, se agigantando, erosando o coração dele: prova irrefutável do amor. Não se conteve mais, insultou o motorista:

— O senhor acredita em Deus?
— Mas claro! Ele vai voltar em breve.
— Tomara que não seja daqui pra casa dela. Senão vai estragar tudo.
— Dela quem?
Não respondeu. Mas queria dizer ao irmão o que significava a buceta de Dulce para ele. Uma buceta-gênese, uma buceta-êxodo, uma buceta-levítico, uma buceta-números, uma buceta-deuteronômio. Uma buceta-66, uma buceta-7. Uma buceta-cânone, uma buceta também apócrifa, coágulo de opostos. Uma buceta amálgama das maravilhas. Ricardo queria gritar no ouvido do salvo que se tornara o ourives da buceta dela, contornando-a com chupadas amaciantes. E Dulce se revelara uma chupona de ouro, explorando suas minas ibéricas. Com ele tinha aprendido a bater punheta com as mãos, punheta com a boca, punheta com os peitos, punheta com a buceta. Engolia blocos da gala dele que iam, por via reta, petrificar-se na sua alma. Uma buceta-plasma, uma buceta-emânuel, uma buceta-ínterim e uma buceta-símbolo. Uma buceta-talvez e uma buceta-sim. A mente fervilhando de bolhas bucêticas e ele sem poder gritar para o são. E Dulce no centro das bolhas e nos pontos periféricos, onde um é igual a milhões. As bucetas de antes, sub-bucetas, tinham sido prefácios para Ricardo. Em Dulce é que ele apalpou, com a extremidade da língua, o segredo de uma buceta-bíblia, que reunia as moradas de Deus. Chupar a buceta de Dulce por mil anos era um dia para Ricardo. Uma buceta a ser sempre relida, que dava gosto de decifrar, desnudar, devorar os enigmas. E os enigmas se esgotavam e se multiplicavam, lá dentro, exigindo releituras. Uma buceta-vocábulo, uma buceta-código, uma buceta-ícone. E a gente não se cansa de pronunciar a primeira palavra do homem: buceta! Com todos os anagramas e desdobramentos. A primeira descoberta, o primeiro sinal da inteligência. Uma buceta-parágrafo, uma buceta-semântica, uma buceta-fonética. Uma buceta-substantivo, uma buceta-verbo. Verbo propulsor dos desejos, causa única do múltiplo. Uma buceta-cântico, uma buceta-evangelho, uma buceta-amor-ao-próximo. E o próximo era Ricardo, que queria explodir o táxi com suas ânsias. O próximo era só ele, que via na buceta de Dulce o nascedouro dos espíritos. A certidão de nascimento de Deus, Que deve tê-la chupado antes de convertê-la em carne. Deus a chupou ainda em imatéria, em elétrons, em filamentos de luz. Uma

buceta-espectro, uma buceta-mícron, uma buceta-infiatlux. Uma buceta-círculo, uma buceta-diâmetro, encaixável apenas no pau de Deus e no pau de Ricardo. Deus a degustou ainda em intempo, em inespaço, em inser e em incoisa, em inada e em intudo, em inordem, em impeso, em informa, em inquantum, em inconcepto. Deus aspirou Dulce ainda em impó, ainda em inesboço, quando Ele pensava em pari-la e não tinha idéia formada, mas só a buceta. E a buceta foi a primeira criação dEle, antes de Cristo e de Si mesmo. Deus só tomou consciência da perfeição quando compôs a buceta de Dulce, pulverizou-a de sublimeza e abortou-a no mundo. A buceta é Sua concepção-mor, sendo Ele próprio a segunda. Buceta-Deus: a integração das integrações, única ordem imutável do Universo. O resto, das artes aos impérios, cedia à violência do transitório, à ignorância da impermanência, à demência da inconstância. Nos tempos ainda das intrevas, do incaos, do inverbo, a buceta de Dulce tinha sido a primeira trindade. Santíssima de vez em Ricardo, que sentia naquele sexo de cristal a transparência de todos os encantos.

    Chegaram à casa dela, bem antes de Deus. Para Ricardo foi um alívio terrível, pois ia desfrutar de Dulce antes do Juízo Final. Pagou ao motorista, desceu, bateu palmas. A primeira coisa que notou foi um clima de tristeza nas pessoas. Uma ambulância parou na calçada. Familiares chegavam. Ricardo estranhou, perguntou pelo pai. Ia exibir-lhe as alianças, mas o pai estava arrasado no hospital: não tinha resistido ao desastre da filha. A mãe tinha sido mais forte, e estava cuidando da filhinha deformada. Sim, toda deformada, principalmente o rosto. Na última noite dos dezessete, prestes a triunfar, foi dar um passeio de moto com o ex-namorado, o Rico. Rico agora estava preso, suspeito de crime. Os dois tinham caído na praia, em alta velocidade, ele num monte de areia, num terreno em construção, ela no asfalto. No choque, saiu arrastando a cabeça no chão bruto e indiferente. Tinha desfigurado o rosto completamente e quebrado os ossos do crânio e da face. A mãe começou a chorar e disse para o modelista:

    — Só o senhor vendo como ela tá lá no quarto. Entre. Ninguém vem mais aqui atrás dela. Só os enfermeiros. Suspendemos o telefone porque umas invejosas tavam passando trote. O médico acha que ela vai se recuperar. Mas o rosto vai ficar quebrado, cheio de marcas e placas. Ela inda tá inconsciente.

Os enfermeiros entraram na frente, para trocar os esparadrapos, as faixas e os fios de soro. Ricardo entrou e viu a aberração: ela estirada na cama, toda feridenta, com lascões salteando pelo corpo. A cabeça raspada e com um peso por cima, para não desalinhar os ossos. As faixas pareciam uma peruca patética. A boca aberta, com a língua estirada, para não ser mastigada pelos espasmos. Partes da testa supurando, como se os miolos descessem aos bocados. Os olhos pareciam buracos se juntando ao nariz, ambicionando esburacar todo o rosto emendando-se com a boca. Os dentes triturados, o céu da boca infernizado de garfos médicos. A enfermeira usou uma colher comprida para introduzir-lhe comida líquida. O pescoço esborrachado, com os músculos dilacerados, com fraturas em alto relevo. Era como se fosse se rasgar a emenda entre a cabeça e o corpo. E os peitos, esmagados, com pérolas roxas em redor, agora inconsistentes e destriangulados. A beleza carnal parecia-lhe agora um acidente. Todos os seus pontos eram dignos de repúdio. No conjunto, uma figura repugnante, um quadro desastroso, um perfeito modelo de monstro.

Ricardo sentiu nojo e um cogumelo de cuspe se formou na boca dele. Teve que engoli-lo, para não demonstrar seu horror espiritual. Escondeu a caixinha das alianças, que já trazia nas mãos. Saiu do quarto, abriu a pasta e foi conciso com a ex-futura sogra:

— Infelizmente, parece que eu só vim piorar. Estou vindo de São Paulo só para trazer a rescisão do contrato de Dulce. Eu não queria, mas a empresa não depende só de mim. Meus sócios querem que a empresa se limite a São Paulo. A crise está grande, a senhora sabe. E com esse plano do governo... Há uma semana que eu venho tentando ligar pra cá, pra agradecer a Dulce pelo que ela prestou à empresa e explicar a rescisão. Isso em nada afeta nossa amizade.

A velha assinou a rescisão, recebeu o cheque e Ricardo a cumprimentou, com o pensamento em Madrid. Depois desceu, pegou um táxi e seguiu com cara nova para o aeroporto.

O SEXTO TRABALHO
(mito amoral)

Aos pós-neo ou neo-pós, tanto faz

Venceu o Terror. Em nome dos povos. Os bens ruíram. Por ordem do Pino, chegamos à irracionalidade sustentável. Eliminamos o supérfluo. Cadaverizamos as resistências. As diferenças mais inofensivas viraram esqueleto. Pino, cheio de plenipotências, arrancou almas dos mortos, segredos das múmias, conspirações das paredes. Solucionou o desemprego com sua rede de terror pelas avenidas-medo. As ordens progrediam. O progresso se ordenava. Medulas minguavam com sensações de insegurança. Dias-cárcere algemaram nossas décadas. Podres entusiasmos encantaram os povos.
 Entusiasmo é a interiorização da energia de Deus. E o Deus mais putrefacto dos milênios foi injetado nos corações. Crucificaram o senso crítico. Embriões de opiniões foram abortados em massa.
 E os dias apenas passavam. E sentíamos Pino, cheta dos povos, em nossas mentes-porca.
 Pino, cheio de aço, inoxidou o poder. Pino cheirava a cânceres de moça, em seios-verme. E irradiou a rendição dos espíritos. E implantou células-lepra nas multidões ajoelhadas.
 Um dia Pino chegou a mim com a pior das missões. Eu já havia realizado cinco, entre fuzilamentos de crianças desregradas e envenenamento público de velhos. Todos os inúteis já haviam recebido a bênção das armas. Hóstias bélicas foram distribuídas em bocas de velhinhas, para o encontro com o Além. Cálices de cianureto não foram afastados dos filhos doentes. Tudo visava à vida-padrão. Não importava o custo.

Mas a sexta missão, brotada do amor de Pino, chefe meu, era um encanto à parte. A eliminação dos últimos pensadores do país, sem prejuízo ao orçamento nacional. Ao contrário: o povo celebrou o ganho de salário extraído dos inúteis. A produção subiu. A sociedade cresceu. O aumento de cabeças cortadas em nada afetava o aumento do poder de consumo. As aquisições desprezavam as inquisições. Pino, *chez nous*, habitava os crânios, com o maior carinho possível.

Misericórdia não devia deturpar meu novo trabalho. Depois do êxito dos terrores necessários, o sexto deveria ser capítulo último da história. Os últimos pensadores eram todos poetas. Já estavam concentrados em campos de trabalho forçado. E deveriam restituir ao país os anos de ociosidade e letras imprestáveis. O genocídio ia começar pelos Estados mais pobres. A Paraíba teve a honra de ser o primeiro escolhido: o primogênito do mais belo massacre, o messias da espoliação final.

A Paraíba, terrivelmente mísera, tinha os poetas mais revoltados do globo terrestre. E os mais ricos, reis das estrofes, Midas da metalinguagem, de qualidade total.

Por ordem de Pino, chequei todos os livros de poesia, em maior parte a própria morte antecipada. Ourives do suicídio, engenheiros de uma linguagem patética, arquitetos do ridículo, demiurgos de versos psicopatas, eram agora o excremento dos povos. Com a piora dos dias, sofreram rebaixas. Escaveirados literalmente por trabalhos úteis, foram humilhados até o fim por seus crimes contra o idioma nacional. Com o tempo, apodrecidos, começaram a feder. O que perturbava a sensibilidade popular. Muitos, tão iconoclastas antes, rezaram a Deus. Pediram milagres, como a sua restituição ao posto de excrementos.

Um deles entrou em alucinação. Recebeu o seguinte conselho de Nossa Senhora:

> *Faça versos sobre acontecimentos.*
> *Há criação e morte perante a poesia.*
> *Diante dela, a vida são planetas dinâmicos,*
>   *aquecendo e iluminando conflitos.*
> *As afinidades criminosas, os aniversários favelados,*
>   *os incidentes pessoais contam e muito.*
> *Faça poesia com o corpo,*
>   *esse excelente corpo de prostituta,*

cheio de sífilis lírica.
Gotas de bile nos hospitais, caretas velhinhas em
  asilos escuros não são indiferentes.
Palavra pela palavra, procuras poéticas,
  isso ainda não é poesia.
Não deixe sua cidade em paz:
  máquinas desconstroem piões,
  que não têm segredos nem casas.
O canto não é a natureza,
  e sim os homens em sociedade.
Para ele, os males significam:
  chuva na periferia,
  noites nos presídios,
  fadiga mendiga,
  esperança ilusória.

Um segundo recebeu mensagem do espectro de João XXIV, o Papa liberador do homossexualismo, mas só dentro da Igreja:

Tire poesia das coisas,
  sujeito objeto.
Não perca tempo em mentir
  com meros jogos verbais.
Se aborreça com o mundo, indague tudo.
Não dramatize a linguagem em si: evoque o cotidiano.
Quem tem iate de marfim, sapato de diamante,
  a não ser um décimo?
A maioria são famílias de esqueletos,
  enterradas no tempo por poetas imprestáveis.
Recomponha sua infância-miséria,
  desde 1500: sem poesia e sem cristal.
Sem memória, sua arte será espelho da dissipação.

Um terceiro recebeu esses manuscritos de Deus:

Penetre, sem cera, no reino da realidade.
Lá estão os poemas já escritos.
Está paralisado? É desespero de quem não tem
  profundidade, mas só superfície intacta.

> *A realidade, em estado de dicionário,*
> *rejeita palavra em-si e silêncio.*
> *Não conviva com poemas, mas com o obscuro*
> *e o provocador.*
> *Force o poema a desprender-se do lombo*
> *de prisioneiros.*
> *Colha do chão dos cárceres os poemas perdidos.*
> *Não adule o vocábulo. Não há forma definitiva*
> *nem espaço.*
> *Chegue mais perto e contemple os terrores:*
> *são mais expressivos que as poéticas*
> *de mil faces.*
> *Trouxe a chave do carcereiro?*
> *O real quer se refugiar.*
> *Para a poesia não transformá-lo em desprezo.*

Os povos, em trabalho, riam.
Esses três foram os primeiros afogados, segundo ordem de Pino. *Chemise de force,* mandou afogá-los com distinção. E perseguiu seus inspiradores. Deveriam ser encontrados em qualquer canto. Mesmo num canto puramente poético.

A Lagoa foi sendo entupida com eles e com os livros deles. Os paraibanos, segundo Pino, xeletas eram das convenções absurdas. Convencionadas entre eles mesmos, gesto admirável!

Transbordada a Lagoa, no centro da cidade, surgiu o impasse. Como livrar das pupilas do povo toda aquela descarga?

Pino chegou a uma conclusão monumental. Um trabalho épico, mítico, clássico, por trágico que parecesse. Um trabalho higienizador, a bem da sanidade dos povos. Assim, eu tinha que desviar o mar e o rio Sanhauá, para o encontro das águas na Lagoa. A salina purificaria tudo, inclusive o Terror. A colisão das águas soaria como palmas à solução heróica.

Não pensei meia vez.
Mandei cavar toda a Epitácio Pessoa, para a canalização.
Mandei cirurgiar as ruas, da Padre Meira ao Sanhauá.
Desviei o mar.
Desviei o rio.
O encontro, microplanejado, deve ter assustado Poseidon.

Ninguém chorou com o afogamento.
Muitos livros ainda boiaram: os piores. Mas afundaram com o tempo.
Um único poeta com livro na Paraíba não sobreviveu.
Um único título não ficou. Nem para ser protestado.

E os trabalhos, no entanto, continuaram.

APÊNDICE AO APOCALIPSE

À memória de João Luiz Lafetá

23. João de Patmos Filho, vinte e dois anos, tetraplégico. Ex-estudante de Direito, ex-noivo, ex-feliz. Sonhava tornar-se juiz, e de um tipo especial: de menores, para agir no rigor da lei e verdadeiramente proteger as infâncias perdidas. Todo o seu sonho, agora, atravessa a garganta do triturador: ele não tem como falar, como mover sequer os olhos, porque seu acidente o paralisou por dentro também. É seu espírito que está paralítico e não tem ciência que dê jeito. Ele mal come, definha a cada minuto, sucumbe a cada segundo. Não em alta velocidade, como seria preferível. Mas numa lentidão iníqua, que joga ratos sobre os celeiros da paciência. João talvez não sinta nada, mas raciocina e só falta morrer da cabeça pra cima. Inerte, não dorme direito, perturbado por si mesmo. Deve-se fazer perguntas e mais perguntas sobre o seu destino. E as respostas inúteis se somam à sua letargia trágica. Passa o dia na cama aquática ou na cadeira especial, que comprei com os olhos da família.

Este é o retrato do meu filho.

Meu também, em parte.

Na noite de sua formatura, num sinal da Castor Polo, foi atacado por um menor de dezessete anos e onze meses. Ele resistiu a passar-lhe o carro e teve a noiva fuzilada. O sangue pegou em vários pontos, inclusive no peito do meu filho e do assassino. João ficou apavorado e encolerizado, sem saber se socorria a noiva, já morta, ou se pegava o menor, que não fugiu. Ao tentar abrir a porta, João não saiu mais da cadeira, como continua até agora: uma bala alojada na nuca.

E o menor empurrou o carro para uma calçada, talvez para limpar o seu ponto. Depois saiu com calma, até com certa elegância, como afirmaram testemunhas.

24. Meu nome também é João e também é João o nome do menor. Só tenho agora dois objetivos na vida: pegar o menor e... Não é bom confessar agora. A polícia pode pegar esse diário e me prender por crime planejado. De fato, tudo o que vou fazer com o menor, caso Deus me dê forças, já está planejado. Hei de fazer na mesma calma e na mesma elegância dele. Sem um próton de remorso. Mas, enquanto o dia não chega, fico observando meu filho, em sua impotência geral. Não expôs uma única lágrima desde o desastre, como se preferisse chorar por dentro. Sua noiva estava grávida e foi desengravidada pelo revólver. O menor inocente, vítima da sociedade, matou três: Joana Carolina ia ter gêmeos. Assim, ele matou quatro, pois meu filho mal vegeta. Só não matou cinco, porque ainda me resta uma grande meta. Depois das delícias da vingança, estarei morto também. Mas, juntando todas as vidas atingidas pelo revólver infantil, chega-se a um genocídio. E daqueles que a humanidade esquece logo.

25. Joana Carolina era uma santa sem retábulo. De família rica, do Intermares, era incapaz de ofensas. Muitas vezes brinquei com ela, dizendo que ia tomá-la de meu filho, nem que ela quisesse. Enviuvei cedo, nunca mais encontrei outra Giselle, e Joana era uma esposa simbólica para mim. Mãe de meus futuros netos, era mãe de meu filho e mãe minha também. Nunca entrou de cara feia lá em casa. Nunca se indispôs comigo. Mesmo em briga, às vezes, com o noivo, nunca transferia nada para mim. Tinha uma capacidade rara de discernir as coisas. O bom senso em pessoa, a angelicalidade da mulher ideal. Quando meu filho, inebriado de demência, acabou um dia o noivado, eu fui o primeiro a tremer. Onde é que João ia encontrar outra Carolina, a não ser nas conchas do mito? Ele se acalmou, pediu apenas um tempo.

26. Apenas um tempo: para Carolina, agora, é a eternidade. Meus netinhos descansam com ela, no subsolo do mundo, beliscados, com todo carinho, por bocas de tapurus. Mas tiveram um fim razoável, nos limites da tolerância. Vão se transformar, em alguns milhões de anos, em matéria-prima e enricar o chão da pátria com seus restos. Meu filho é que parece não ter fim algum. Nasce todos os dias para a morte, que apenas o contempla. Às vezes sofro sensações sinistras: tocar o rosto dele, fechando-lhe o nariz. Se ele ainda é capaz de raciocínio,

deve-me implorar isso com petição de escravo. Mas a tentação só vai até meu antebraço: não tem coragem de deslizar para a mão. Assim, a morte não habita inteiramente nem a ele nem a mim.

27. A família de Lina não quer vingança. Não que o pai seja desembargador e tenha que agir dentro da lei. Ele sabe tudo sobre o menor, João, que já esteve no Reformatório do Róger. Tudo: do dia do nascimento ao da morte, se ele quiser. O inocente é filho de um pedreiro da Favela Nascente, no Róger. Alguns policiais se ofereceram ao desembargador, por meio salário mínimo. Dr. Lúcio, apesar de arrasado, não perdeu o rigor ético, nem profissional, nem religioso. É um católico tradicional e assistencialista, ativista em campanhas de caridade para os orfanatos. À parte o mérito de seus paliativos, é um homem de extraordinária grandeza só pelo fato de recusar os policiais. Não só recusou, como os denunciou nos jornais e declarou-se inimigo da vingança.

Já eu, ora... perdi meus rigores católicos aos dezesseis anos. Tornei-me professor de literatura e cada vez mais me afastei das promessas religiosas. Mantinha a crença em Deus ou, simplesmente, não duvidava dEle. Nem O execrava, como vi muitos colegas fazer na Universidade. Ora, Deus não é culpado das misérias do homem: o homem é que é culpado das misérias de Deus. Como responsabilizá-Lo pelas desgraças históricas, se Ele nunca pôs os pés no mundo?

Discuti muito essas banalidades, a maioria das vezes debochando dos colegas. Cansei de usar teses de Newton, Voltaire, Feuerbach, Oscar Wilde, Dostoiévski, Félampé, como se fossem minhas. Era um materialista crônico, originando repúdio em alguns colegas e alunos. No íntimo, eu mantinha o respeito integral ao Ser Maior: Ele nunca me dera motivo para intrigas.

28. Mas, dia a dia, diabólicos metabolismos se processavam em mim. Eu sentia que um certo demônio, das mais puras linhagens, beijava meu coração por dentro. E isso não é hipérbole nem metáfora. Era denotação concreta! Se Deus estava ausente do mundo e, como a morte, em sua maturidade, apenas contemplava meu filho, em que acreditar? A gente sempre acredita em alguma coisa, nem que seja na descrença. Eu fazia de tudo para não acreditar no plano que crescia em mim, que ia chocar até estacas de ferro.

Desde os dezesseis anos, quando saí da imortalidade, passei a crer apenas na melhora do mundo. Não tinha motivos históricos nem pessoais para me sublevar contra a religião. Muito menos era um derrotista. Ao contrário: toda a minha atividade pedagógica era a serviço da conscientização. Não era de doutrinar ninguém, até porque a literatura, a que se preza, detesta proselitismos. Mas também não dava aula por dar, com falsos neutralismos. Era um apaixonado por Gregório de Matos, Murilo Mendes, poetas da radicalidade. Era conhecido como "carrasco da literatura", por não admitir a banalização das minhas aulas. Tinha um rigor de guerra nos horários e no cumprimento de todos os trabalhos. Não estava na Universidade para alfabetizar ninguém, mas para dar aula de terceiro grau. Quem não gostasse, trancasse minha disciplina.

Ocorre que minha disciplina era básica pra outras. E eu fazia duas chamadas. Uma no início da aula; outra no fim. O aluno teria que estar o tempo todo na minha aula, nem que fosse fisicamente. Ora, eu preparava as aulas com muito amor, ao ponto de Giselle, um dia, ter-se sentido viúva. Trancava-me na biblioteca para oferecer aulas de ouro a todos os alunos, os anti-Midas da linguagem, e sem discriminação. Jamais usei as notas como pontes para motéis, o que era comum em certos cristãos. Eu comparava a Carta de Caminha com poemas católicos de Murilo Mendes, mostrando como o modernista desconstrói a visão do colonizador; exibia os múltiplos Gregórios; a paixão de Haroldo de Campos pelo Barroco; a Carta de Darcy Ribeiro a Juscelino, em 60, outra paródia a Caminha; o nono capítulo de *Macunaíma*; poemas de Oswald de Andrade que satirizam o imortal escrivão; os relatos de Cortez ao Rei espanhol; as notáveis anotações de Colombo, uma das maiores imaginações do Novo Mundo; contos de Eduardo Galeano evocando as raízes repressivas do Continente; e sempre ligando as duas pontas da nossa história. Criatividade não faltava, como o grupo teatral *Abaixo Cabral*, que eu trouxe de Recife para encenar a peça *Os crimes de Deus*, em 92. E sem falar em exposições, congressos, semanas de leitura etc. No entanto, os resultados eram mínimos, e a causa de tudo era o desinteresse. O problema não era de didática, nem de mim mesmo, que sempre fui muito acessível. O que eu nunca tolerei era confundir acessibilidade com folia. Ou os launos cumpriam tudo ou eram reprovados na íntegra. Um dia, como ninguém, reprovei uma turma de doze concluintes — que ficaram conhecidos como "os apóstolos do zero". Já tinha gente com nome na placa. Uma coroa, que eu nunca tinha visto em classe, veio-me pedir para aprová-la, por bem ou por motel. Respondi:

— Se a senhora trepar comigo lá dentro da Catedral, no meio duma missa, eu aprovo. Topa? E seu marido vai ter que filmar.
Comigo era assim: pau a pau.

29. O pior, agora, é que eu mesmo fui relaxando nas aulas. Passava horas pensando nos gêmeos, no meu filho, que ia virando um caibro. Estava emagrecendo com todo rigor, e já há dois meses que o observo. O menor já é de maior e está por aí. O juiz, amigo do pai de Lina, deu nos jornais uma declaração escatológica: o ex-trombadinha João dos Santos Pequeno, agora em plena maioridade, gozava de todas as garantias da lei: se cometeu furtos ou outros crimes no passado, tudo agora começava do zero. Se não praticasse nada à margem da lei, seria cidadão comum, integrado à sociedade, que deve viver harmonicamente com ele.

Era o juiz declarando isso e um bilhetinho anônimo chegando à minha casa:

"Professor João, eu sei que o senhor tá sofrendo muito. Não fique aí parado. Vai definhar também? Eu sei onde o xará mora. Faço o servicinho limpinho. Precinho camarada".

Recusei. Podia ser armadilha de algum aluno da Universidade. Como eu estava perdendo a moral em sala de aula, sem aquela força de antes, estavam me explorando até nisso. Podia ser teste de um ex-reprovado meu, de algum ignorante, para terminar de botar zero na minha vida. Podia ser trama da polícia, aliada com João dos Santos; ou só iniciativa deste, orientado por um sócio. Recusei. Não pelos motivos elevados do pai de Lina ou pela minha desconfiança de tudo. Não. Recusei, porque minha alma estava inútil, mas minhas mãos ainda prestavam. Estavam sem alma e eram insubstituíveis.

30. Tem que desentortar.

31. Lina fazia parte daquelas indescritíveis que castram os poetas. Qualquer metáfora, para ela, seria não só insuficiente e imprecisa, mas desnecessária. Era ela linguagem por si mesma. Eu tinha um carinho minucioso por ela, tendo cuidado com seus detalhes. Sempre vinha a mim de botas e tranças, umbiguinho de fora, olhinhos puxados. Ela me

admirava muito, talvez mais que ao pai e ao noivo. Enquanto o pai dela e meu filho eram do Direito, presos às formalidades, eu era a fantasia gratuita. Muito relaxado em casa, sabia conviver com a desordem e até convertê-la em vislumbre estético. Assim, eu fui, aos poucos, no ritmo do coração, sem pressa mas de forma vital, exercendo fascínio sobre Lina. Nada foi arquitetado de propósito ou má-fé. O que se passou entre nós dois foi uma troca sincera de carícias, em nome de uma amizade que já era mais que amizade e não tinha retorno. Nada entre nós podia mais regredir: era uma explosão surda de admiração mútua. Ela ia ver minhas aulas, mergulhava nos trechos literários que eu citava, molhava-se de emoção na ponta dos poemas. Aquela aula sobre as utopias de Murilo Mendes, ao mesmo tempo surreal e cristão, crítico pontudo do mundo mas prospectivo, um Borges brasileiro, síntese dos melhores veios poéticos dos milênios, virou de vez a cabeça de Lina. E arrastou o coração. Ela passou a ser leitora compulsiva do poeta mineiro, desejava conhecer as catedrais espanholas, as ruínas italianas, cavalgar pelas combinações mais abstrusas de palavras, trotar, acriançada, sobre os versos. Empolgou-se tanto com o conceito de *linguagem desautomatizada*, que admitia duas Linas: antes e depois dali. Refletiu dias sobre o que não tinha percebido em dezenove anos de vida. Era preciso, agora, desautomatizar a vida: esta era a utopia de Lina, linda e infantil como ela, tão perfeita e tão longínqua, como ela de mim. Quanto mais ia a minhas aulas, mais puxava os fios do perigo, antiariádnicos, de choque inevitável. Naqueles dias, selou-se entre nós um pacto mudo de amor. Minha atração por ela já era maior que qualquer grafite de Murilo Mendes, e mais trabalhada também. Eu tinha que sofrer o horror da lapidação, da contenção, do limite, e dar vazão ao caos só em palavras. Mas Lina não era palavra, não era conceito, não era *logos*. Era todo mulher, coisa bruta, que erigia os desejos em ângulo reto. Fiz alguns poemas surrealistas para ela — que foram recebidos como confissões. Não houve constrangimento, Lina manteve a discrição, a precaução e a flâmula da paixão, que já incendiava bosques inteiros. Meu filho não desconfiou de nada, não notou fragmentos de mudança na noiva. Fragmentos que em mim cresciam, passavam de partículas alegóricas à totalidade. Desde a morte de Giselle, eu não sentia tal despontar de pétalas, primaveras seguidas, quereres encadeados.

    Um dia, doze de junho, meu filho tinha viajado para Natal. Estava havendo um encontro internacional de Direito em Ponta Negra, com presença de celebridades. O tema do encontro era o direito das crianças e como integrar os pequenos delinqüentes à sociedade. Nesse dia, Lina não recebeu sequer um telefonema do noivo. Também não quero dizer que tenha sido este o motivo de ela ir lá em casa. Chegou à tardinha, me abraçou, como a um pai fraternal. Mostrou-me um poema seu — sua primeira escalada no surrealismo. O texto não tinha a menor qualidade, como os meus também, aliás. Mas já mostrava o domínio — embora abstrato — de uma linguagem incomum, ilógica, fora dos padrões referenciais. Fui categórico na crítica, sem poupar-lhe observações contundentes, enquanto alisava suas trancinhas no sofá. Ela tirou as botinhas, relaxou dois botões da blusa, deitou-se em meu colo. Passei a alisar-lhe a testa, com o coração na ponta dos dedos, enquanto me reprimia com a racionalidade do texto. Um texto surrealista, por estúpido que seja no extermínio da lógica, é, antes de tudo, fruto de um laborioso artefato mental. Eu queria manter esse equilíbrio, essa tensão gostosa entre o desejo e o não-prazer, o pêndulo entre o cavernoso e o ético, que me dividia docemente. Num certo instante, na surpresa dos encantos efêmeros, a pontinha da lua apunhalou a janela. Era um quarto minguante fininho, que vinha apontando para nós, e, de um certo ângulo, ia tocar nos peitos de Lina. Reagi instintivamente com as mãos, não deixando a lua barruar nela. Ela já lambia meus braços, os lábios suaves como de uma recém-nascida. Ergueu-se um pouco, com os olhos transverberados, e se enfiou em mim, boca adentro. Misturamos beijos e soluços, tremores e agonias, vibrações e sacolejos, sem trégua. No ápice das trocas, na lavagem mútua das línguas, o telefone tocou e nos flagrou no delito. Lina se levantou do sofá, desligou o telefone e já voltou do escuro seminua. Estava com as meiinhas de menina, o sutiã marrom claro, transparente, a calcinha da mesma cor, salivando por baixo. Não pensei uma só vez em meu filho, como também deve ter feito Lina, na comunhão de corpo e pensamento mais bela que tive. João mesmo não era fruto de uma colisão daquela, androceu e gineceu em combinação exata. Os seios dela limavam qualquer boca, quaisquer lábios lachados. O umbiguinho, bem apertadinho, parecia exigir código para se abrir, rendendo-se, afinal, ao gume da minha língua. Ensaiamos todas as posições, de todos os ângulos possíveis, alguns inéditos na geometria dos amores. Todos os pontos dela eram dignos de beijos e eu não fiz discriminação. Distribuí-lhe um carinho igualitário em todas as partes, para não desequilibrar as vibrações. Lina fez rigorosamente a mesma coisa, massageando-me, com a boca e as mãos, em todas as células. Devemos ter atingido orgasmos infindos, pois não tínhamos mais condições de distinguir, ao longo do apego, o que era orgasmo e o que não era.

32. Recebi uma carta anônima assim:

> *Olá Professor,*
>
> *Como vai o seu rigor hoje? Tem faltado à Universidade, não é? Cadê a velha coerência, a retidão implacável, que me reprovou um dia por uma falta? Eu tinha direito a faltar um quarto das aulas, se lembra? Faltei uma a mais e o senhor me arrasou. Eu era concluinte, já tinha os convites prontos. O meu baile já estava preparado, o vestido feito, e o senhor destruiu tudo. Decepcionei a centenas de convidados, além dos prejuízos. Mas... digamos que a falha foi minha. Já estou conformada. Mas... deixe um pouco o orgulho e escute meu conselho: todo excesso é venenoso, Professor, inclusive o do rigor. O senhor queria ser perfeito em tudo, extremado em tudo, como se pudesse dar jeito aos erros que o cotidiano consagrou. Era inimigo do "jeitinho brasileiro", que pode quebrar tantos galhos. Só a morte, Professor, foge às soluções humanas. Hoje, o senhor está sentindo o extremismo da morte, o rigor lento e mordaz dela, atuando sobre seu filho. Olhe para ele, vá. É alma decantada, ruína viva, e o senhor não dá jeito a nada. Pode ter mil inteligências, mas nenhuma delas vai desalojar a bala de seu filho. A bala, lá dentro, inacessível, está agindo com todo rigor, como se a nuca fosse uma sala de aula e o seu filho um aluno reprovado pro resto da vida. Não estou escrevendo isso por sarcasmo ou vingança. É só para mostrar o que é ser vítima do radicalismo. E impor uma regra só e não admitir exceções.*
>
> *Com toda admiração,*
>
> *Lina.*

Levantei de susto com o último nome. Lina? A autora não apenas sabia de meu sofrimento, como deve, ao menos, ter suspeitado de meu caso com Lina. Quem estaria na minha vigília? O que queria essa criatura, a não ser sarcasmo mesmo? Era um cinismo misturado com rigor moralista, que me deixava em dúvida e em insegurança. Felizmente — pensei em instantes — meu filho está como está e não pode mais saber de nada. É como se eu desse graças a Deus pela tragédia. E até abençoasse os dezessete anos e onze meses do assassino.

33. Aos poucos, fui sentindo que Lina me fazia mais falta que meu filho. Sim, ele estava ali, intactamente partido. Sofria horrores mudos, sequer chorava. A definhação era apenas o sinal de condescendência da morte, que resistia, com todo rigor ético, em levá-lo. Eu tinha que ficar com meu filho nas costas, a coluna da vida torada ao meio, a nuca dele, com a bala hospedada, em minha consciência. Perdi todo o respeito na Universidade, apesar de alguns entenderem minha transição para a desordem. Eu já não era referência entre os alunos, a não ser negativa. Minhas aulas já eram das piores, não apenas em conteúdo, mas no caos total da didática. Hoje eu estou conseguindo, neste diário, algumas frases claras. Mas lembro-me de delírios semânticos, falas reticentes e fragmentárias, síncopes mentais absurdas, não em nível simbólico, a serviço da arte, mas por desordem interior mesmo. Vivi às vésperas da anomalia, uma algema da loucura ainda me cativou. A outra só não se fechou em mim, nos círculos da obscuridade, por causa de fiapos de Lina que subsistiam em mim. Mesmo morta, continuei a amá-la intensamente, o que progredia com a ausência. Foi Lina que me forçou a procurar João dos Santos. Foi ela que me deu forças para desentortar a estaca de ferro. Não meu filho.
   Este, coitado, era um morto.

34. LINA

Levaste contigo a infância dos mortos.
Pixote não sofreu morte dupla,
   como teu útero fuzilado.
Tua ausência, tua nulidade,
É o triunfo da delinqüência embrionária.
Embriões de ternura cresciam em ti,
Frutos de nossos encaixes,
   hoje encaixotados no nada.
E tua antipresença, no vazio que me cerca,
É um muro de angústias intactas, sem rachões.
Muro-inteireza, muro-totalidade, muro-infinitude.
Rebocos e brechas, buracos e pontas de vidro,
Todos passaram para mim,
   sem prévio consentimento.
Querem nos igualar em destino lúgubre,
Como se eu pudesse me soerguer a ti.

Estás em algum ponto sublime,
Com os anjinhos a te tocar doces flautas,
Ainda que em algumas notas, em tom aleatório,
   escorram ecos de balas.
Mesmo assim, repousas no gume de alguma estrela
E o próprio Deus, para acender as tochas do Bem,
Recorre à tua fosforescência.

Cá embaixo, na gruta do Universo,
Enquanto os homens se degradam em história,
Eu historicizo a minha degradação.
Pioneiro em vingança, nada me afastará
   da Grande Arte.
A menos que desças no instante incisivo
E suspendas, como Jeová, minha mão.

35. Olá Professor,

    Como vai o rigor hoje? Não rasgue a carta, antes de ler alguém que o ama. Mesmo com a mágoa da reprovação, nunca reprovei meu amor pelo senhor. É prova da minha alma maleável, que sabe lidar sensatamente com as coisas. Pena que não tenha sido correspondida, pois nem pude chegar perto de suas barreiras. Abomino o senhor como aluna, amo-o como mulher. Mulher ideal, que a natureza não criou, mas por opção minha. Mas... já sei que não dá. Nossos espíritos são dispersos e nossos corpos talvez não se encaixem. O rigor de seu corpo não ia admitir convergência com o meu. Ao contrário do que diz Bandeira (aprendi em sua aula), os corpos não se entendem. De qualquer forma... olhe... não é terrorismo psíquico... apenas um conselho: deixe de trair seu filho. Cuide dele, que é incuidável, tal a rigidez do destino. Mas... pelo menos pense nele, só nele. Não na noiva dele, sua nora-amante, que levou com ela, para o cemitério, seu sêmen. É apenas um conselho, Professor, não tenha raiva. As raivas enfraquecem. Principalmente as raivas rígidas.
    Com toda admiração,

Lina.

36. — Não feche os olhos, que é rápido. Tem que desentortar.

37. Em pouco tempo, impelido por algum gênio hediondo, eu já tinha em mãos os dados do ex-menor. Ele tinha alma limpa, ficha pura na polícia. Os dois fetos destroçados, Lina e a nuca de meu filho não eram computados em seu currículo. Ele começou a trabalhar numa padaria na Castor Polo, a mesma rua do desastre. Consultei, em segredo, o dono de um fiteiro próximo, que me garantiu:

    — Foi ele mesmo. Agiu na maior calma do mundo. Depois empurrou o carro, com uma força de Satanás, pra cima da calçada. Olhe ali as provas.

    Provas incontestáveis: umas estacas de ferro, de proteção, entortadas para dentro da calçada. Procurei registros de barruadas por ali: não tinha. Fui ao dono da casa, na esquina: não sabia de nada. Eu sempre me identificava como jornalista que vinha observando esses descasos da Prefeitura para processá-la.

— Ah! — disse o dono da casa. — O senhor acha que vai dar jeito? Já bateram no meu muro umas quinhentas vezes e eu é que tenho que remendar tudo. Daqui que o Detran ou a Prefeitura se pronunciem... Estas estacas têm sido minha guarda. Mas já estão morrendo. Olhe esta do meio como ficou. Foi o caso daquele rapaz que ficou de cadeira e a noiva morreu... Coisa feia. Aí não tem quem desentorte.

— Tem que desentortar. É direito.

— Se desentortar, enfraquece mais ainda.

— Nem sempre. O senhor vai ver.

Saí da casa dele, num dos cruzamentos da Castor Polo, nº 22, deixando algo no ar. Ele entrou e eu fiquei observando as estacas. Eram ferro puro, inflexível, mas com toda a fragilidade humana em redor. Estavam envergadas para dentro, com resíduos de pintura nas quinas. Invisivelmente, guardavam substratos dos fetos, pedacinhos de Lina, que foram empurrados da rua e pararam nelas. É como se elas tivessem a dignidade de socorrer as vítimas em seus braços, já que ninguém se pronunciava. Me aproximei delas, alisei-as com um certo carinho, recolhendo partículas de outra cor que bem podiam ser o último sinal de Lina.

Só deixei o local por causa de uma passeata que se dirigia à cidade. Eram membros de instituições de Direito protestando contra o descaso ao menor. Não que eles não tivessem razão. Mas era impossível, nas minhas condições, racionalizar as diferenças. Nos dias áureos, sobretudo durante os laços com Lina, eu era um defensor hidrófobo dos menores, dos maltratados desde o ventre, dos excluídos desde o primeiro pulsar. Isso era um dos motivos, aliás, de minhas aulas mais criativas, que Lina assistia, de tranças, lambendo pirulito ou chocolate. Eu analisava para as turmas *A infância dos mortos*, de José Louzeiro; *Capitães da Areia*, de Jorge Amado; "Paulinho Perna Torta", de João Antônio. Já tinha uma linha de pesquisa na pós-graduação, "Marginais na literatura brasileira", uma das mais respeitadas. Meu doutorado foi uma comparação entre *A grande arte*, de Rubem Fonseca, e *Zero*, de Loyola Brandão, com nota máxima, distinção e louvor. Fui um dos pioneiros, nas universidades brasileiras, a estudar a representação da criança na literatura, como ela é construída pelos adultos ou como o autor constrói a narrativa do ponto de vista dela. É um dos procedimentos mais delicados da literatura, subordinar o mundo à visão da criança, sem deformações ou interferências de outro nível. Raros o atingem, e nem de todo, como Machado de Assis em "Umas férias" e "Conto de escola", Guimarães Rosa em "A menina de lá" e alguns textos antológicos, nesse aspecto, de Clarice, como "Felicidade clandestina" e "Cem anos de perdão". Líamos tudo isso não apenas com o rigor da teoria, mas também em casa, em instantes de infantilidade total.

Tudo ruiu.

A passeata avançou e eu regredi.

Tudo agora, para mim, era abstração.

38. João dos Santos trabalhava na padaria Menino Jesus, que tinha imagem de Nossa Senhora da Conceição na parede. Comecei a ir por lá. Ele não me conhecia e não tinha o que temer. Afinal, era integrado à vida social, homem trabalhador, pacato, querido pela patroa e...

e... imaginem...

Maldosas coincidências! Elas suplantam qualquer delírio da arte. Esta foi uma delas:

Certa tarde, fui à padaria lanchar. Não ia apenas comprar pão e sair, como já vinha fazendo. Queria observar o ex-assassino de perto, quase beijando-o, lábio a lábio. Pedi um pedaço de bolo, que meus netinhos não comeram, e um copo de leite, que me lembrou Lina. Daria tudo para ver os seus seios crescendo, lactando, a barriguinha se avolumando, o umbiguinho saindo da timidez. Já tínhamos combinado tudo, guardando as devidas precauções. E aquele copo de leite me trouxe uma lembrança negativa, apesar da sua origem belíssima. Não tive punho para bebê-lo, como se tivesse alguma bala diluída dentro. Perdi também o gosto do bolo e comecei a suar, num mal-estar sombrio, olhando para os olhos azuis de João dos Santos. Ele se aproximou de mim, perguntando se eu estava bem. Eu teria feito alguma desgraça na Menino Jesus não fosse o escândalo que desviou todas as atenções. Uma menininha se desprendeu da mãe, correu rua adentro e quase foi esbagaçada por um carro. O motorista desceu e encrencou-se com a mulher, a irresponsável. Em seguida partiu e a mãe surrou a menina em público. Deu tanto na menina, que quase arranca as trancinhas dela. Tomou o pirulito e jogou no lixo.

Foi tão irracional, que tirou uma das botinhas dela para bater com mais eficácia. A bichinha desmanchou-se em choro, com os glóbulos azuis dos olhos se avermelhando. Fui o único a correr e protestar contra a violência da mãe. E ela me gritou:

— Não se meta! Carolina é filha minha, não do senhor.

39. Em casa, João de Patmos prosseguia sua vida de estátua, alheio ao fim dos tempos. A nuca inchava, criava algum antro de micróbios por dentro. Já o corpo não tinha mais nada a perder. Era cada vez mais ossatura, ruína viva, não no sentido de Murilo Mendes. Antes o fosse. Ele não tinha nada de poético: era denotação cadavérica. Os escombros de Toledo, de Altamira, de El Escorial, de Ávila; o lodo dos mosteiros e das ruelas; os blocos de Cuenca e os aquedutos da Segóvia; as alamedas esquecidas e os túmulos das catedrais; a forma mosqueada de Zamora, a Oceladurum dos tempos pré-romanos; a inutilidade das guaritas que esperam os árabes; o ostracismo dos quartéis; os retábulos de Palência e as muralhas de Cáceres; as pracinhas irregulares de Córdoba e o porto sujo de Cádiz, fundado por Hércules Egipcíaco; todos eles foram elevados à poesia. Vivem encarcerados numa bolha mítica aonde o tempo não ousa chegar. O tempo, o mensageiro da angústia, não penetra os territórios lacrados pelo mito. Ele não tem estrutura nem forças para violar o eterno. Contudo, também não tem chegado a ti, filho meu, como se o desastre fosse não uma mudança, mas tua eternidade. Ao acompanhar tua paralisia, que subjuga a inteligência e a ambição dos movimentos, faço minhas as palavras do poeta sobre a cidade-morta de Santillana del Mar:

> Antigo reduto de uma classe nobre que atingiu o vértice no século XVI, e agora assiste passivamente à extinção da própria energia. Aqui se verifica o singular fenômeno de uma esclerose da história: o burgo medieval-renascentista, barrando o acesso a qualquer sinal de modernidade, estacionou no tempo.

> 40. *Olá Professor,*
>
> *Como vai o rigor hoje? Já pensou no rigor que tirou seus filhos? É, os gêmeos podiam ser seus. Sei de tudo, pois sou rigorosa em espionagem. Mas... pense bem... pense no seu filho, Professor. Não na princesinha sem escudo, que virou guardiã de balas. Engravidada pelo senhor, reengravidada pelo revólver, só seu filho não teve acesso à gruta sublime. Mas que rigor ético, hem? Quem o reprovaria? O senhor mesmo?*
> *Pense em seu filho, Professor. Ele ainda existe. E Deus o quer vivo.*
> *Com toda admiração,*
>
> *Lina.*

41. Quer dizer que Deus o quer vivo.
Deus... a maior mentira da história!
   o acúmulo de todos os cinismos!
e..
Deus dá um grito estridente ao ter seu ânus estraçalhado. Mas é grito de prazer cósmico, que vibra na vagina ulcerada do Universo. Estilhaços do reto divino convertem-se em estrelas, que ainda hoje enviam ondas de fedor aos nossos olhos. E Deus, embaixador do Mal, é apenas um subserviente dEste. Está a serviço das mentiras diplomáticas, que enchem meu coração de fezes divinas. Bucetas velhas são vomitadas dos asilos, exiladas dos manicômios, como se não fossem purular no exílio. Equívoco, meu Senhor, equívoco. E uma chuva de eixos Te penetra. Enferrujam-Te por dentro, ao tocar-Te, como um Midas degenerado. Hoje, Deus é um esgoto de periferia, inabitado por ratos. Alguns protozoários impúberes é que O visitam — mas logo são repreendidos pelos mais expertos. Goelas de indigentes querem chupar a misericórdia de Santa Maria — mas ela se guarda para as línguas brucelósicas. Deus é ícone, é a polpa do Mal, é a brutalidade máxima, que engendra outras. É bojo, é estrume, é cão. É resíduo de escarro, que escorre de suas membranas, desfiadas por Mussolini em 22, por De Gaulle em 68. Deus foi a Messalina de Mussolini, foi a vagina de Eva Brawn, foi os brinquedos de Trumann.

No entanto, nada disso O diminui e Ele permanece irrisório. Esquinas de feridas hão de brotar em nosso território e o mais íntegro dos homens trocará a alma de seu ânus por óbolos. Caos e cães são próximos. Crime e Estado são gêmeos. Deus e Diabo só são diferentes nas iniciais. É preciso desencarcerar o céu, que é o prostíbulo do Inferno. E escoar-lhe todos os desejos, coagulados nos testículos dos santos. Temos que salpicar o céu de prostitutas, para que as santas se venerem. E o submundo divino rasgue de vez suas máscaras. E embriões de tênias se multipliquem no intestino grosso de Cristo e enforquem o senhor dos sacrifícios. Afinal, Deus é de menor. Deus é um micróbio portátil, célula maldita: nEle, apenas a doença, como peixe e pão infectos, se multiplica. Só o Mal ressuscita de Seu húmus e..................

42. — Cadê aquele rapaz de olho azul, que sempre me atende?
— João dos Santos?
— Deve ser. Ele atende tão bem.
— O senhor quer dizer que eu não estou...?
— Não, não é isso. Mas ele é muito cuidadoso.
—Ah! João é uma moça. Todo mundo gosta dele aqui. E os clientes também.
— Parece que ele passa dos limites, no agrado.
— Nem queira saber. Um dia uma menina sapequinha, que todo dia vem aqui, saiu correndo desembestada, caiu e meteu a barriguinha no meio-fio. João foi o único que correu e deu massagem na bichinha. E a mãe ainda foi uma mal-agradecida.
— É. O mundo está cheio de gente assim. Mas cadê ele?
— João? Não veio. A mulher dele tá no hospital.
— No hospital? Alguma coisa grave?
— Não, não. Ela deu à luz. E foi gêmeos.

43. Aquele primeiro de outubro, a onze dias do aniversário de Lina, só me trouxe náuseas. Estava dividido entre mandar e fazer. Não tinha certeza da minha coragem. Não sei se vomitaria na hora, diante do cérebro estourado do ex-monstro. João dos Santos, conforme a lei, era ex-delinqüente, ex-açougueiro, ex-exterminador de futuros. Aliás, a lei pura, a rigor, não o incriminava em nada. E ele nem podia ser ex, porque nunca foi. Era incrível como o pai de Lina aceitava

essa abstração, ele mesmo tendo que cumpri-la, pois sobrevivia disso. Os irmãos tinham uma vontade excitante de pegar a ex-criança, que praticara três delitos em primeiro grau, simultâneos, mas ainda na infância, sem consciência dos seus atos. Ele apenas deliberou, puxou o gatilho porque quis, porque desejou, mas nada foi consciente. O gatilho mesmo, com vida própria, sentiu vontade de auto-afirmação e deu-se ao exercício. Foi o primeiro exercício dele, com cartilhinha, lápis de cor, massinha, lancheira e tudo. E um mês antes da maioridade! Puro sadismo do destino. Com mais um mês, ele seria no mínimo culpado. Com um mês a menos, ele era, no máximo, um abandonado. Vejam como em um mês ele passou de uma inocência criminosa a outra, protegido dos dois lados. Nesse mês ele poderia ter matado multidões, incendiado parques, arrancado fetos em série. Mas ninguém duvidaria de sua idoneidade. Nenhuma penalidade o atingiria, a não ser que um mês depois ele repetisse tudo. Repetisse tudo? Roubasse uma carteirinha, uma galinha, metade dum pão. Aí sim a lei não iria suportar essa monstruosidade: com objetos dos outros não se brinca.

Outubro resolveu tudo. Eu vinha recebendo apelos, com precinhos amigáveis, em promoção. Alguns a ser pagos em prestação, sem entrada. Cheguei a pensar que o autor dos bilhetes fosse o mesmo que me mandava as cartas de amor, a tal "Lina". Fosse quem fosse, era maldade clássica, bem dirigida, por usar o nome da única mulher que amei sem censuras. Lina era tão linda, que já tínhamos consagrado uma prática de amor sem repressão de qualquer ordem, com mordidas pré-históricas, com uma doce violência durante os tremores, com palavras as mais feias, mais sujas, mais erradas, aos olhos das convenções. Trocávamos dizeres terríveis, porém recodificados, amenizados e com efeito semântico-libídico de inigualável encanto. Eram as palavras mais feias do idioma, as mais belas do idioma. Poetizavam-se nas nossas línguas, passando de um abismo a outro abismo, sem excursão pelo mundo cá fora. Saíam de dentro de um para dentro de outro, sem conhecer a pobreza das ruas. Eram puras interioridades, nossos brinquedos guardados, a primeira bola, a boneca nova, Papai Noel descendo pelas nossas chaminés, as conversinhas, antes de dormir, com Papai do Céu. Era comum, antes de ir pra cama, rezarmos. E depois profanarmos tudo, transformando a repressão religiosa em liberação de todos os desejos. Mas eram profanações divinas, que não se banalizavam, nunca perdiam o ritual dos encontros sagrados, em busca do infinito. Os poemas de Murilo Mendes eram nossos versículos, elevando-nos a cada gozo, a cada movimento triunfante. Queríamos as alturas, os topos das mais altas catedrais, para recompensar os milhões de escravos que morreram em sua construção. Um dia Lina lamentou que nenhum escravo usufruísse do que usufruíamos, mas disse que ouvia, no limiar dos orgasmos, a comemoração eufórica de todos eles. Éramos os vingadores, os compensadores de milhões de desejos perdidos, de homens e mulheres que só conheceram trabalhos forçados, sem um instante dos nossos. Por isso nossos instantes eram gozados na mais bárbara das plenitudes, com todas as permissões possíveis, para resgatar milênios de proibições. Eram os escravos, os servos, os eunucos, todos os submissos que vibravam em nossos corpos, todos os submundos tomando o poder, pulando para alcançar uma fibra de prazer. Navios negreiros se rebelavam dentro da gente, espártacos de todos os pontos do mundo, quilombos inteiros que se refugiavam em nós dois. Ainda incorporávamos miseráveis, escravos brancos mas escravos, índios saqueados que corriam, nus, para nossas ocas. Éramos a síntese de todos os irrealizados da história, que apenas sofreram a história, sem praticar a história. Éramos o avesso do tempo, o paraíso particular dos expulsos. E, fantasia à parte, éramos só João e Lina, na mais orgânica das fusões.

E, de repente, tudo fantasia...

Fantasia negativa, ridícula, por causa de uma só vontade. Enquanto procurávamos representar todos os perdidos, em respeito poético à memória dos arrasados, bastou uma vontade, e ainda mais infantil, para voltar a destruir os escravos. O mínimo espaço de liberdade, entre um lábio e outro, virou alojamento de balas. O ex-menor, o ex-futuro do mundo, tinha que morrer do mesmo jeito. Aquele primeiro de outubro atirou em todas as minhas dúvidas.

Assim, entrei numa loja de armas, todo de paletó, gravata, sapatos brilhando. Dentro da pasta, uma Bíblia e panfletos com mensagens esperantes. Apresentei-me como homem de bem, que eu tinha deixado de ser desde o amanhecer. O vendedor, de aspecto nobre, não quis saber de rigores:

VENDEDOR - Basta dinheiro. Arma e dinheiro mandam no mundo. Como serei exceção? As exceções são perigosas e ferem a moral. Temos que obedecer ao ritmo natural das coisas. E nada mais natural, desde o fim do Éden, que a submissão do mundo a arma e dinheiro. Esta é a sacralidade que restou. Não ousemos blasfemá-la. Só o bem é apócrifo. Arma e dinheiro são invioláveis, nossos últimos santos, que precisam de nossa veneração para não se igualarem aos degenerados. Enquanto confiarmos em princípios, projetos de bem e outros monstros abstratos, estaremos cultivando imagens mortas, escanteando os guardiões da imortalidade. Arma e dinheiro são alfa e ômega, estão em toda parte, e nossa alma não pode ser exceção. Já disse que as exceções são abomináveis, por querer romper pactos trilenares. Arma e dinheiro, se fossem invenções dos homens, há muito teriam perdido sua aura intangível. Podem ser até criações humanas, mas por um plágio do desconhecido. Há algo de inefável neles, de etéreo, de supra-sensível, que tem resistido a todos os males.

COMPRADOR - Quero o revólver mais adiantado. Sou pastor protestante. Vou matar um inocente daqui a uns dias. Não posso usar arma comum.

VENDEDOR - Logo um inocente? Então deve ser algo artístico. Matar um culpado é a coisa mais vil, porque tem uma lógica e uma causa. Mas um inocente? Aí sim é poético, por não ter explicação precisa. Foge da razão mental e física, da lei da causalidade, e é algo estético que vale por si, como arma e dinheiro. A morte precisa ser desautomatizada. Assim, precisas de um revólver melhor, talvez um importado, com injeção de laser. O que vais fazer requer algo sobre-humano, talvez a lança de Apolo, a espada de Aquiles, mas... pobres deuses e heróis! Eles agiam por um fim, o que não ocorre contigo. Todo fim é escatológico, portanto, excremental. A morte desse teu inocente será arte pela arte.

COMPRADOR - Mas não posso gastar muito. Sou funcionário público e mantenho meu filho, tetraplégico, com os últimos centavos.

VENDEDOR - Mas, em nome da arte, e só dela, hipoteca-se a vida. A vida desse teu inocente vale mais que a tua, se não quiseres sacrificá-la à arte. Vê esta aqui. É uma bazuca tcheca, dos bons tempos da guerra fria. Esta outra é russa, esta é asiática. Esta canadense é a mais aconselhável, por causa das pílulas de urânio. Mas esta da África do Sul é uma das mais queridas. Vê que estamos dando volta ao mundo em poucos palmos, em poucos segundos, como o gênio de Júlio Verne jamais sonhou. Isso é, literalmente, um sonho! A orgia tecnológica, que transpõe para outros mundos. Leva todas, para teres o mundo nos bolsos.

COMPRADOR - Já tenho o mundo nas costas. Não preciso mais de pesos. Ao contrário: tenho que me aliviar deles. Imagine dois filhos, ou netos, que não vieram; e o mais lindo lírio, que nem Salomão teve, e que hoje eu só tenho pela metade. Ela se implantou na minha consciência, consome meu raciocínio e me cobra todo dia a crueldade.

VENDEDOR - Pra que raciocínio, se quem raciocina no mundo é arma e dinheiro? Estes são nossa inteligência, nossos gostos, nossa fé, nossas hóstias, nossa salvação. O dinheiro é nosso senhor; a arma é nossa senhora. E que crueldade existe na eliminação de um inocente? O inocente não se adaptou às regras do mundo, quis ser exceção, e pela bestialidade, não pela arte. Merece morrer instantaneamente. O senhor já leu *A grande arte*, de Rubem Fonseca? É pena que ele só privilegie o reino dos punhais. As armas eletrônicas, a meu ver, são mais elegantes. Não precisam rasgar ninguém, expondo nossas podridões internas. Um jatinho de luz e... pronto! É como se a vítima saísse do caos do mundo para o reencontro com a luz. Os punhais, as facas e seus gêmeos não têm essa função libertadora. Embora não goste muito de libertação, pelos dióscuros arma e dinheiro tudo se faz. Lutar contra a vida é a luta mais vã. Por isso lutamos, mal rompe a manhã.

No calor da conversa, fomos interrompidos por dois comerciantes imprudentes. Um casal de vendedores ambulantes, sujos, repugnantes, que invadiram o espaço aristocrático da loja:

VENDEDOR - Tenho aqui um revove de brinquedo. Pro seu filho. Precinho bom. Ele vai se sentir um herói.

VENDEDORA - Acho melhor essa bonequinha. Ou esse pirulito gigante. O senhor tem filha? Se não tem, dê a quem o senhor mais ama. Cada presente dá mais vida à gente.

Acabei não comprando nada e saí pela Barão do Triunfo. Fui assaltado por vendedores de botinhas, ligas para tranças, meiinhas de lã, sofás de caixa de fósforo, namorados de palha, barquinhos de acrílico, chupetas de açúcar, anéis de caramelo, mocinhas de chocolate, bruxinhas de alfinim, luas de sequilho, doces corações. Passei pela Duque de Caxias, sentei um pouco na Praça Vidal de Negreiros, puxei pela Visconde de Pelotas. Todos homens nobres e poderosos, que um dia tiveram nas mãos a decisão e não deram jeito à delinqüência. Eles mesmos delinqüiram povos, nos círculos da criminalidade permitida. Já os vendedores, dando a vida por bicos, transmitiam à gente miniaturas de carinho, para a gente chegar em casa com o ar renovado. Andei sem rumos pela cidade, toda esquina me reforçando a náusea, com menores prestes a me escalpelar, todo sinal me mostrando um desastre. Eu procurava enfrentar essas confusões, mas minha lucidez pedia esmola aos indigentes. Ao contrário de Mesrour e Pangloss, eu só via o lado ruim das coisas. A parte suja da cidade, o cemitério social, futuros Joões dos Santos metralhando doces Linas, futuros Joões de Patmos em cadeiras de desconforto. Andei ruas compridas, empoeirando a roupa nova, até chegar à Favela Nascente, onde não cheguei por acaso. Alguma força estranha, mas tão compreensível, me arrastou pra lá. Visitei vários casebres, como pastor protestante, pregando arrependimento e paz, em função do fim dos tempos. Fiz correntes de oração em todos os lares, para que os ventos das tentações não soprassem por ali. Entrei na casa de João dos Santos, muito bem recebido pela humilde esposa e por uma pequena multidão que apreciava, com extrema alegria, os gêmeos. Era um par de menininhas lindas, talvez Joana e Carolina, não ousei perguntar. Cumpri rigorosamente o que estava previsto: reuni as pessoas em círculos de mãos dadas, para ouvirem um trecho da Bíblia e refletirem sobre a iminência de catástrofes. Era preciso se preparar para os desafios vindouros, que só trariam inquietude e pavor. Abri a pasta, folheei a Bíblia e meus dedos pararam, com a força do cálculo de Deus, no *Livro das Revelações*, 12: 1-4:

> — *"E viu-se um grande sinal do céu, uma mulher vestida de sol e tendo a lua debaixo dos seus pés, e na sua cabeça havia uma coroa de doze estrelas, e ela estava grávida. E ela clama nas suas dores e na sua agonia de dar à luz. E viu-se outro sinal no céu, e eis um grande dragão cor de fogo, com sete cabeças e dez chifres, e nas suas cabeças sete diademas; e a sua cauda puxa um terço das estrelas do céu, e as lançou para baixo à terra. E o dragão ficou parado diante da mulher, que estava para dar à luz, para que, quando desse à luz, pudesse devorar-lhe o filho".*

Em seguida, pedi que todos se abraçassem e pedissem perdão às alturas pelos seus descuidos. Agradeci a todos pela atenção, me despedi. João dos Santos não estava em casa. Mas deixei para ele um folheto com um abismo no rosto, uma pontinha de sol no horizonte e, embaixo, a advertência de Deus ao anjo da congregação de Sardes:

> *"Certamente, a menos que despertes, virei como um ladrão, e não saberás absolutamente a que hora virei sobre ti".*

44. No dia onze de outubro, eu já era um criminoso convicto. A Prefeitura tinha espalhado grupos de palhaços e bandas de música por todas as favelas, como extensão do Programa "Criança: Esperança". A Nascente não era exceção e tudo concorria para meu êxito. Corri à Castor Polo, conferi as estacas de ferro: estavam lá, na mesma impassibilidade, indiferentes a qualquer penúria. Mas estavam entortadas e, graças a Deus, a Prefeitura não quis saber daquelas crianças de ferro. Precisavam ser socorridas com urgência e de meia-noite em diante eu daria luz a meu plano.

Em casa, a situação do meu filho não podia continuar. Estava todo lambuzado de fezes, babas incontroláveis, a cadeira urinada. Por tecnológica que fosse, a cadeira, em meio aos excrementos, era patética. Seu rigor de luxo contrastava ridiculamente com o estado humilhante de meu filho, o que piorava na caminha aquática. Alguma coisa me dizia que *eu* era culpado de tudo, *eu* tinha feito tudo, até por não aceitar, por orgulho e vergonha, ajuda de familiares. Tudo tinha que vir de mim, como na causa primeira. Eu parecia o mentor do desastre, e do desastre dos desastres, que não tem quem exprima na íntegra. Seguiram-se, desde o início, desgraças por minuto, como células maléficas se generalizando no corpo. Eu parecia querer esconder minha responsabilidade, culpar o sinal, a sociedade, o destino, a debilidade da lei, o João dos Santos que não tinha mais vinte e quatro horas, ou mesmo a teimosia de meu filho de ter ido à casa de Lina e ter parado com ela naquele sinal. Nessas horas, afastamos da consciência todos os tribunais, subornamos os jurados corruptos e fazemos de tudo pelo equilíbrio interior.

Os sinos de Miramar bateram as nove horas. Há muitos anos que eu não ouvia aqueles sinos, mas desta vez eles bateram forte, sacudindo minha alma de ferro. Pareciam um chamado para a decisão fatal, que transtorna os cérebros mais estáveis. Eram chamados de ferro, batendo em ritmo seco, batendo, batendo, batendo. Os toques ecoaram pelo bairro talvez sem repercussão, entrando e saindo pelos ouvidos mecanizados. Em mim, é como se eles estivessem inaugurando nova alma, novos ouvidos, novas congregações. Nesse instante, ainda sob a égide dos badalos, que já tinham parado para o resto do mundo, encontrei um poemeto anônimo para meu filho, deixado por baixo da porta:

> **TOQUE A JOÃO**
>
> *Todo inutilizado é uma ilha isolada.*
> *Não é partícula do continente,*
>   *sequer de um grão.*
> *Arrastado para a morte,*
>   *não diminui o mundo.*
> *O fim dos findos e dos dobrados*
> *É apenas formalidade: em nada toca*
>   *o Gênero Humano.*
> *Não atinge o solar de seus amigos*
>   *ou o seu próprio.*
> *As ruas continuam em fervor*
> *E as catedrais dobram a soberba.*
> *Por isso, não me pergunte*
>   *por quem os sinos tocam:*
> *Os sinos não tocam por você.*

Em meio às especulações, vesti uma roupinha de palhaço, com máscara, chupetona e mamadeira. Fiquei irreconhecível e dei adeus a meu filho. Coloquei em sua garganta um grande rolo de papel, com a revelação 2: 26-28. Ele teve ataque de língua e olhos, mas, indefeso, conciliou-se com a paz. Era preciso acelerar a morte, quebrar-lhe a contemplação, vencê-la. Atravessei milênios, durante esses dias, para tomar a decisão. Hoje, acredito que meu filho me aprovou, como a segunda melhor aula da minha vida.

A primeira estava por vir.

23. Vamos recordar os fatos:

1. *Envio do anjo a João*
2. *Mensagem aos anjos das congregações de Éfeso, Esmirna, Pérgamo e Tiatira*
3. *Mensagem aos anjos das congregações de Sardes, Filadélfia e Laodicéia*
4. *Visão do trono de Deus, arrodeado de vinte e quatro tronos*
5. *Visão do rolo escrito e selado com sete selos*
6. *Abertura dos seis primeiros selos*
7. *Visão dos cento e quarenta e quatro mil eleitos*
8. *Abertura do sétimo selo e toque das quatro primeiras trombetas*
9. *Toque da quinta e sexta trombetas*
10. *Visão do anjo que traz o rolo para João comer*
11. *Morte dos inimigos dos dois profetas celestiais, toque da sétima trombeta e abertura do santuário*
12. *Nascimento do pastor das nações, derrota do dragão no céu e atuação dele na terra*
13. *Adoração do dragão e de sua fera pelos terrestres e morte dos resistentes*
14. *Visão dos eleitos no Monte Sião, anunciação da queda da Babilônia, a Grande, e sinal de perseverança para os santos*
15. *As sete pragas e a vitória dos santos*
16. *Derramamento das sete tigelas de ira, visão das três expressões demoníacas e do Har-Magedon*
17. *Visão da Babilônia, a Grande, mãe de todas as meretrizes e das coisas repugnantes da terra*
18. *Anunciação do juízo final*
19. *Louvação a Jeová, visão dos exércitos de cavalo branco e derrota dos exércitos da terra*
20. *Prisão do Diabo por mil anos, ressurreição dos justos e julgamento dos mortos*
21. *Triunfo da Nova Jerusalém e da vida eterna*
22. *Autenticação do testemunho e autorização para difusão das profecias*

Tudo isso é passado. Já foi cumprido e os homens já sentiram nas sete peles.

O que o mundo desconhece é o que escapou ao Profeta, autor do livro mais alegórico e mais denotativo da espécie humana. Não que eu queira corrigir o visionário; apenas vou mostrar que ele está incompleto.

Ora, a Nascente estava mergulhada em festa. Autoridades discursavam, músicos alegravam o povo. Era véspera de feriado. E as atenções se concentravam na praça da favela.

Esperei o momento mais oportuno para o rapto das crianças. Observei, com sutileza, que João dos Santos não estava em casa. As moradas estavam esvaziadas e apenas as mães recentes se mantinham lá. Não houve, assim, uma testemunha da minha entrada na casa de João. Esbofeteei-lhe a mulher até o desmaio e levei as gêmeas para o carro. Em seguida, fui atrás do pai. Ele estava bebendo com uns amigos e não era o momento certo. Onze horas, a meia-noite já se paria. Súbito, ele se levanta para mijar e o banheiro do bar está lotado. Dirige-se a uma moita, em lugar escuro. Enquanto urina, eu o assalto com revólver de plástico e com algemas.

— Psiiiiiiiiiiiiiu.

Forcei-o a andar pelo caminho mais escuro, fizemos um arrodeio fabuloso, como num conto cheio de digressões. Mandei-o entrar na mala do carro e em breve estávamos na Castor Polo.

Ele não sabia ainda que as crianças estavam no carro. Dormiam em santa paz, longe de todos os perigos. Peguei um segundo par de algemas e enfinquei João nas grades do muro do velho. O sinal estava esquisito, raro era o trânsito após meia-noite.

— Chegou sua vez. Se lembra dessa esquina?

Apavorado, ele não sabia que palhaçada era aquela. Era um rapazote de dezoito anos, muito frágil. Levantei de leve minha máscara e ele me reconheceu:

— O senhor? Não me mate, por favor. A culpa foi do seu filho.

— Mentira!

— Foi, ele resistiu.

— E a noiva? Hem? E a noiva?

— Não foi porque quis. Foi um disparo. Eu tava nervoso. E o senhor não me disse que ela vinha.

Pedi carinhosamente, com o revólver, para ele falar mais baixinho.

— Mas o senhor não me avisou dela. E agora eu tô barra limpa. Tenho duas filhas.

Dava pra ver que ele era imaturo mesmo. Não tinha monstruosidade alguma.

— Tínhamos combinado um susto, só um susto.

— Não, o senhor disse preu seqüestrar ele.

— Mas era um susto, ou um sumiço, mas só nele. A noiva podia até ter um choque no início. Mas, com o tempo, ia aceitar o destino. E ia ser minha. Tudo ia dar direitinho. Você estragou o plano divino.

— Isso aqui tá apertando minha mão. Me tire daqui.

— Não. A morte de Lina devia ter chocado as sete congregações do mundo, e não chocou. Ninguém mais lembra. Foi um crime universal só para mim. Os sete candelabros de ouro, as sete estrelas, os sete espíritos de Deus, as sete lâmpadas de fogo, os sete anjos e as sete trombetas, nada se abalou com a morte dela! A começar por você, anjinho de menor! Os quatro cantos da terra, os quatro ventos, as quatro criaturas viventes, os vinte e quatro tronos, nada foi abalado! Mas eu tenho as chaves da morte e do Hades e vou abalar nem que seja você. Como já é de maior, tenha maturidade diante do que vai ver.

Sei que o infeliz nem estava me entendendo. Mas, salvo fracas recordações, eu já não me entendia bem. Meu desejo era vê-lo triturado, não em carne e osso, mas no sentimento. Descobri que matá-lo não seria ideal. Deixá-lo vivo, se torcendo por dentro, era mais justo.

Para não dizer que a rua, naquela madrugada, estava toda vazia, apareceu um vira-lata sujo, todo feridento, querendo companhia. Deitou-se aos pés do muro e ficou me olhando, como se eu tivesse algo a oferecer.

— Que que o senhor vai fazer? O senhor me contrata e agora tá...

— Fale baixo!

— O senhor disse que depois era bico calado. E que não ia tocar em mim. Mesmo quando o senhor tava indo lá na padaria eu fiz que...

— Cale-se! Garanto que vou cumprir o trato: não vou tocar em você.

E realmente não toquei. Abri o carro, tirei as recém-nascidas, mostrei a ele. João dos Santos Pequeno, com as mãos para trás, parecia querer arrancar o muro do velho.

— Se acalme. O revólver é de brincadeira. Acha que eu teria coragem de atirar nessas inocentes?

Ele se aliviou mais.

— Eu vou é desentortar as estacas com elas.

— O quê? Tá louco?

Fui ao carro, peguei algemas para os pés dele. E duas agulhas grossas, de vinte centímetros, para, a contragosto, costurar a boca dele. Em seguida, comecei a usar as bebês como martelos.

— Não feche os olhos, que é rápido. Tem que desentortar. É difícil, mas tem que ser. Vou fazer um bem público, em resposta ao que a lei me deu.

E Lina não desceu para suspender minha mão.

Alisei a testa da primeira, alisei a estaca do meio, a mais inclinada, e comecei o trabalho. Na primeira pancadinha, parte da testinha voou, caindo no bucho do cachorro. À primeira vista ele hesitou, como se pedisse meu consentimento. Depois viu que eu estava ocupado e ocupou-se também.

O pai, crucificado no muro, esperneava e grunhia. Qualquer grunhido mais alto poderia ser fatal para mim. Mas eu estava tão absorvido, que desprezei os perigos. Segurei o ex-embrião pelas perninhas macias, uma fonte de pureza, e dei outra martelada na estaca. Esta não se alterava em nada, exigindo mais forças.

— Tem que desentortar. Pra ver se a gente volta aos tempos da ordem, o sinal não fecha, o menor não vem e tudo se restabelece.

Eu já estava só com o tronco da menina na mão. Mas usei o martelo até às últimas. João dos Santos era tão desgraçado, que não desmaiava ou morria. Estava vertendo vômitos, estranhando caridades naquela esquina.

Terminei de espatifar a primeira menina, que, heroicamente, não chorou. Peguei a segunda, ainda mergulhada no sono, talvez sonhando com o seu futuro grandioso. Ia estudar, fazer dever de casa, amar a tiazinha no colégio, crescer, namorar. Olhei para o pai:

— A gente combina uma coisa e você faz outra. Por quê? Deus está me lançando na prisão, para que eu seja plenamente provado. Tenho que ser fiel aos anjos, esbagaçando seus filhos. Essas estacas são mais que estacas. Representavam uma ordem, uma linha neutra, sem fazer mal a ninguém. Você as violou. O estado delas, entortado, é o meu estado. A coluna vertebral de meu espírito, envergado. Mas tem que desentortar. Não serve martelo nem pedra. Tem que ser com uma arma mais poderosa, que se enfinque em você para sempre.

Enterrei um seixo branco, que levei comigo, na boca dele, abrindo-lhe os lábios no meio das duas agulhas. Não podia ser engolido nem vomitado. Era a medida exata para ele não emitir grunhidos nem estragar meu segundo plano. Naquele seixo tinha escrito um nome que ninguém saberá, exceto ele.

Beijei suavemente a segunda, que acordou de leve, bocejou, se espreguiçou. Deixou a chupetinha cair e as gengivinhas róseas brilharam. Era bem pequenininha, do tamanho de um botão. Apanhei a chupeta, coloquei na boquinha dela e estourei-a na estaca. Continuar com os golpes verticais era inútil. Passei para os horizontais, da calçada pra rua, martelando as três estacas num só tempo. O lázaro canino quase não deixava os pedaços cair, pegando-os, com precisão de trapezista, ainda no ar. O pai se contorcia no muro do velho, os pulsos inchados, os olhos com milhões de revólveres apontados para mim, para matar todas as minhas vidas, desde minha condição de feto. Isso não me impediu de dialogar democraticamente com ele:

— Você não tem o selo de Deus na testa. Eu também não. Mas respeito até os escorpiões. Você é que está abaixo de tudo. Não merece morrer: o Mal é tão imortal quanto a farsa de Deus.

E terminei de despedaçar a menina. Foi a primeira surra da vida delas. Palmadinhas necessárias, para não crescerem sapequinhas, com gatilhos entre os dedos. Só me sobrou um pezinho da segunda, com uma meinha de lã, que dei ao cachorro.

As estacas, surpreendentemente, não desentortaram. Mas eu sentia, por dentro, maior solidez.

— Não tenho mais nada a perder, João. Se o Apocalipse vier hoje, a segunda morte não me fará qualquer dano.

Corri dali mesmo a uma delegacia, contei tudo aos policiais, que me julgaram fora de órbita.

— Vão lá e confiram.

Invadiu-me intensa alegria de regresso à infância. Mostrei-lhes as mãos ensangüentadas, as vestes de criança e adverti:

— Quando voltarem, não me façam mal. Eu sou de menor.

Este livro terminou de
ser impresso no dia
22 de setembro de 1998
nas oficinas da
Bartira Gráfica e Editora S.A.,
em São Bernardo do Campo, São Paulo.